먼 별

먼 별

로베르토 볼라뇨 장편소설

권미선 옮김

ESTRELLA DISTANTE by ROBERTO BOLAÑO

Copyright (C) 1996, Roberto Bolaño
All rights reserved.
Korean translation copyright (C) 2010, The Open Books Co.
This edition is published by arrangement with Carolina López Hernández,
as representative of the literary estate of Roberto Bolaño
c/o The Wylie Agency (UK) Ltd. through Shinwon Agency Co.

COVER ARTWORK by AJUBEL (ALBERTO MORALES AJUBEL)

Copyright (C) 2010, Alberto Morales Ajubel and The Open Books Co.
All rights reserved.

이 책은 실로 꿰매는 정통적인 사철 방식으로 만들어졌습니다.
사철 방식으로 만든 책은 오랫동안 보관해도 손상되지 않습니다.

빅토리아 아발로스와 라우타로 볼라뇨에게

쳐다보는 이 아무도 없는데 어느 별이 떨어진 걸까?

— 윌리엄 포크너

1 로베르토 볼라뇨의 얼터 에고. 아르투로 벨라노Arturo Belano를 가리킨다. 『먼 별』에서 처음 등장한 아르투로 벨라노는 볼라뇨의 대표작 『야만스러운 탐정들 Los detectives salvajes』에서는 주인공으로 등장한다. 이러한 상호텍스트성 intertextuality은 로베르토 볼라뇨 문학의 주요한 특징이다.

나의 소설 『아메리카의 나치 문학』의 마지막 장에서 칠레 공군 라미레스 호프만 중위의 이야기가 지나치게 도식화되어(20페이지도 되지 않았다) 서술되었을 수도 있다. 이 이야기는 아프리카에서 치열한 전쟁에 용병으로 참가했던 나의 동포 아르투로 B.[1]가 들려준 것으로, 그는 그 마지막 결과에 만족스러워하지 못했다. 『아메리카의 나치 문학』의 마지막 장(章)은 문학적으로 그로테스크한 앞부분과 일종의 반전을 이루며 대위법을 구성하는 것이었다. 그래서 아르투로는 마지막 장을 다른 장들보다 긴 이야기로 만들고자 했다. 즉, 다른 이야기들의 거울이 아니라 그 자체로 하나의 거울이 되는 이야기, 다른 이야기들과 연쇄 반응을 일으켜 폭발하는 이야기가 아니라 스스로의 힘으로 폭발하는 이야기를 원했다. 그래서 우리는 블라네스에 있는 나의 집에서 한 달 반 동안 칩거하며, 마지막 장을 손에 들고 아르투로의 꿈과 악몽들을 받아 적으며, 독자가 지금 앞에 들고 있는 이 소설을 쓰게 되었다. 내가 한 거라고는 음료수를 준비하고, 몇몇 책들을 뒤져 보고, 아르투로와 그리고 수많은 문장들을 반복함으로써 효과적으로 되살려 주는 피에르 메나르[2]의 혼령과 논의한 게 전부였다.

---

2 보르헤스의 단편집 『픽션들』(1944)에 수록된 「피에르 메나르, 돈 키호테의 저자」에 등장하는 인물로 문학의 상호텍스트성을 논할 때 언급되는 대표적인 상징이다.

1

내가 카를로스 비더를 처음으로 만난 것은 살바도르 아옌데가 칠레의 대통령이었던 1971년이나 1972년 무렵이었다.

당시 그는 알베르토 루이스 타글레라는 이름을 사용했고, 남부의 수도라 불리는 콘셉시온에 있는 후안 스테인의 시 창작 교실에 가끔 드나들었다. 나는 그와 친했다고는 말할 수 없다. 그가 일주일에 한두 번, 시 창작 교실에 들를 때만 만났을 뿐이다. 그는 말수가 많지 않았다. 나는 많았다. 그곳에 드나드는 우리 대부분은 말이 많았다. 우리는 시뿐만 아니라 정치와 여행(당시에는 훗날 어떤 여행을 하게 될지 상상도 하지 못했다), 그림, 건축, 사진, 혁명, 무장 전투에 대해서도 말했다. 우리에게 새로운 삶과 새로운 시대를 열어 줄 무장 전투였건만 우리 대부분에게 이는 꿈과 같았다. 아니 좀 더 적절히 표현하자면 우리가 살아갈 가치가 있는 유일한 꿈들의 문을 열어 줄 열쇠와도 같았다. 물론 우리는 그 꿈들이 가끔 악몽으로 변할 수도 있다는 사실을 어렴풋이 알고 있었지만 전혀 개의치 않았다. 우리는 열일곱에서 스물세 살 사이였고(나는 열여덟이었다), 가르멘디아 자매와 알베르토 루이스 타글레를 제외한 거의 대부분은 문과대학에 다녔다. 그녀들은 사회학과 심리학을 전공했고, 그는 언젠가 직접 밝힌 바에 의하면 독학생이었다. 1973년 이전 칠레에서는 독학생이라는 말에 많은 의미가 담겨 있었다. 사실 그는 독학생 같아 보이지 않았다. 그러니까 〈겉모습〉을 보면 독학생 같지 않았다. 1970년대 초반의 칠레에서, 그것도 콘셉시온이라는 도시에서 독학생은 루이스 타글레처럼 옷을 입지 않았다. 독학생들은 가난했다. 그런데 그의 말투는 독학생 같았고, 그건 그랬다. 내 생각에 그는 지금 우리 모두가 말하는 것처럼, 아직 살아 있는 사람처럼 말했다(그는 구름 한복판에 떠 있는 듯 말했다). 하지만 대학 문턱도 밟아 보지 못한 사람치고는 옷을 지나치게 잘 입고 다녔다. 그가 우아하다는 말은 아니다. 물론 그의 식대로 우아할 수는 있다. 그렇다고 그가 일정한 스타일로 옷을 입고 다녔다는 말도 아니다. 그의 취향은 절충적인 스타일이었다. 정장에 넥타이를 매고 나타날 때도 있었고, 운동복을 입고 나타날 때도 있었으며, 청바지와 티셔츠를 깔보지도 않았다. 하지만 어떤 차림을 하고 다니건 간에 루이스 타글레는 늘 값비싼 브랜드의 옷을 입었다. 한마디로 루이스 타글레는 우아했는데, 그 당시 나는 정신 병원과 절망 사이에서 늘 허우적거리는 칠레 독학생들이 우아하다고는 생각하지 않았다. 한번은 그가 자기 아버지인지 할아버지가 푸에르토 몬트 근처에 있는 거대한 농장의 주인이라고 말한 적이 있었다. 그가 얘기했거나, 아니면 우리가 베로니카 가르멘디아가 하는 얘기를 들었을 수 있다. 그는 농장 일과 아버지 서재의 책을 읽는 일에 전념하기 위해 열다섯 살 때 학업을 중단하기로 결심했다. 후안 스테인의 시 창작 교실에 드나들던 우리는 그가 말을 잘 탈 거라고 단정지었다. 그가 말을 타는 모습은 한 번도 본 적이 없는데 왜 그런 생각을 하게 되었는지는 모르겠다. 사실 우리가 루이스 타글레에 대해 할 수 있는 모든 가정은 우리의 질투나 어쩌면 우리의 부러움에 의해 미리 결정되었을 수도 있다. 루이스 타글레는 키가 훤칠하고 여위었지만 강하고 이목구비가 잘생겼다. 비비아노 오리안에 의하면 그의 이목구비는 잘생겼다고 하기에는 지나치게 차가운 편이었다. 하지만, 물론, 그 말은 비비아노가 나중에 한 말이었고 그건 소용이 없다. 왜 우리는 루이스 타글레에게 질투를 느꼈을까? 우리라고 하기에는 좀 지나친 감이 없지 않다. 질투를 느낀 사람은 나였다. 어쩌면 비비아노도 나의 질투에 동참했을 수 있다. 그리고 당연히 그 이유는, 누가 뭐래도 시 창작 교실의 스타인 일란성 쌍둥이 가르멘디아 자매에게 있었다. 그녀들은 과연 명백한 스타였기에, 가끔 우리(비비아노와 나)는 스테인이 그녀들의 사랑을 독차지하기 위해 창작 교실에 드나든다는 인상을 받았다. 그녀들은 최고였다. 나는 그 사실을 인정한다. 베로니카와 앙헬리카 가르멘디아는 어느 날은 너무 똑같아 구분이 불가능할 정도이고, 또 어느 날은(특히 밤에는) 너무 달라 서로가 서로에게 적대적까지는 아니더라도 낯선 사람처럼 보이기도 했다. 스테인은 그녀들을 극찬했다. 루이스 타글레와 더불어 오직 그만이 누가 베로니카이고 누가 앙헬리카인지 알아맞혔다. 나는 그녀들에 대해서는 거의 아무 말도 하지 못했다. 그녀들은 가끔 나의 악몽에 출현했다. 그녀들은 나와 동갑이고, 어쩌면 한 살 연상일 수도 있다. 그녀들은 훤칠한 키에 날씬했으며 까무잡잡한 피부에 새까만 머리가 유난히 길었고, 내 생각에는 그 시절에 그런 스타일이 유행이었던 것 같다.

가르멘디아 자매는 거의 곧바로 루이스 타글레와 친해졌다. 그는 1971년인가 1972년에 스테인의 시 창작 교실에 가입했다. 그 이전에는 대학이나 그 어디에서도 그를 본 사람이 없었다. 스테인은 그에게 어디서 왔는지 묻지 않았다. 스테인은 그에게 시 세 편을 읽어 보라고 한 후 나쁘지 않다고 했다. (스테인은 가르멘디아 자매의 시만 드러내 놓고 칭찬했다.) 그리고 그는 우리와 함께했다. 처음에 우리는 그를 시큰둥하게 대했다. 하지만 가르멘디아 자매가 그와 친해진 것을 본 이후, 우리도 루이스 타글레와 친해졌다. 그때까지 그의 태도는 거리를 두고 깍듯하게 대하는 식이었다. 그는 가르멘디아 자매에게만(이 점에 있어서는 스테인을 닮았다) 드러내 놓고 호의를 보이고 세심하게 배려했다. 다른 사람들에게는, 내가 이미 말했듯이, 〈거리를 두고 깍듯하게 대하는 식〉이었다. 즉, 그는 우리에게 인사를 건네며 미소를 지어 보였고, 우리가 시를 낭송할 때면 주의 깊게 들었고, 우리가 공격해도 자기 글을 절대 변론하지 않았고(우리는 그를 자주 짓이겨 놓았다), 우리가 얘기할 때면 우리의 이야기에, 지금 나로서는 절대 귀 기울일 엄두도 나지 않을 이야기지만 그 시절 우리에게는 그렇게 보였던 이야기를 열심히 들어주었다.

루이스 타글레와 나머지 사람들과의 차이는 분명했다. 우리는 은어나 마르크시스트·만드라키스트〔우리 대부분은 좌파 혁명 운동 또는 트로츠키당의 일원이거나 아니면 이들 단체에 호의적이었다. 물론 누군가는 사회주의 청년단이나 공산당, 좌파 가톨릭당에서 활동하기도 했다〕 용어로 말했다. 루이스 타글레는 스페인어를 구사했다. 시간이 정지되어 있는 듯한 칠레 특정 장소들(물리적이라기보다는 정신적인 〈장소들〉)의 스페인어. 우리(콘셉시온이 고향인 사람들)는 부모님과 함께 살거나 가난한 하숙방에서 살았다. 그런데 루이스 타글레는 시내 근처의, 늘 커튼이 쳐져 있는 방 네 칸짜리 아파트에서 혼자 살았다. 나야 한 번도 가본 적이 없었다. 그러나 오랜 세월이 흐른 후 비비아노와 뚱보 포사다스가 그곳에 대한 온갖 것들(비더의 빌어먹을 전설에 어쩔 수 없이 더렵혀진 이야기들)을 들려주었는데, 나는 그 이야기를 믿어야 할지, 아니면 옛 동료의 상상력에서 비롯된 거라고 봐야 할지 잘 모르겠다. 우리는 거의 땡전 한 푼 없었다〔지금 〈땡전〉이라는 말을 쓰려니 우습다. 그 단어가 어둠 속에서 눈(目)처럼 빛이 난다〕. 루이스 타글레는 결코 돈이 부족한 적이 없었다.

루이스 타글레의 집에 대해 비비아노가 어떤 이야기를 했더라? 특히, 황량하다고 했다. 그는 집이 〈준비되어〉 있는 듯한 인상을 받았다. 한번은 그가 혼자 찾아간 적이 있었다. 그는 그 근처를 지나가다가 루이스 타글레에게 영화를 보여 주겠다고 생각했다(비비아노는 그런 식이다). 그는 루이스 타글레를 잘 알지 못했지만 그에게 영화를 보여 주기로 마음먹었다. 베리만[1]의 영화였는데, 어떤 영화였는지는 기억이 나지 않는다. 비비아노는 전에도 두어 번 그 집에 가 본 적이 있었는데, 항상 가르멘디아 자매 중 누군가와 함께 갔었다. 그런데 두 경우 모두, 말하자면 그때의 방문은 예견되었던 것이다. 그리하여 가르멘디아 자매와 함께 갔을 때는 집이 〈준비되어〉 있는 것 같았다. 손님들에게 보여 주고자 정리된 것 같았고, 집이 지나치게 휑해 확실히 뭔가가 빠져 있는 것 같았다. 나에게 이러한 얘기들

---

1 Ingmar Bergman(1918~2007). 스웨덴의 영화감독.
2 1968년 로만 폴란스키가 감독한 공포 영화. 국내에는 〈악마의 씨〉라는 제목으로 알려져 있다. 한 아파트에 입주한 젊은 부부가 아파트를 지배하는 악마적인 힘에 의해 악마의 씨를 잉태한다는 내용으로, 오컬트 영화의 효시로 불린다.

을 설명해 준 편지(오랜 세월이 흐른 뒤 쓴 편지)에서 비비아노는 「로즈메리의 아기」[2]에서 미아 패로가 남편인 존 카사베츠와 함께 이웃 노부부의 집을 처음 방문했을 때의 느낌이었다고 했다. 뭔가가 빠져 있었다. 폴란스키의 영화 속 아파트에서는 미아 패로와 존 카사베츠를 놀라게 하지 않기 위해 신중하게 내려놓은 그림들이 빠져 있었다. 루이스 타글레의 집에서 빠져 있는 것은 말로 할 수 없는 무언가였고(혹은 몇 년 후, 이제 그 이야기의 전모 혹은 적어도 상당 부분을 알고 난 비비아노에게는 말로 할 수는 없지만 존재하고 만져지는 거였다), 집주인이 집의 일부분을 도려내 놓은 것 같았다. 아니면 손님 개개인의 기대치와 취향에 따라 맞춰 놓은 일종의 조립 부품 같았다. 이런 기분은 그가 혼자 루이스 타글레의 집을 찾아갔을 때 더욱 강하게 들었다. 당연히 루이스 타글레는 그를 기다리고 있지 않았다. 그는 한참이 지나서야 문을 열어 주었다. 문을 열어 줬을 때 그는 비비아노를 얼른 알아보지 못하는 것 같았다. 물론 비비아노는 루이스 타글레가 미소를 머금은 채 문을 열어 주었고, 단 한순간도 그 미소를 잃지 않았다고 나에게 확신했다. 한편 그가 인정했듯이 집안은 그렇게 환하지 않았고, 그래서 나는 내 친구가 얼마나 진실에 다가간 건지 자신할 수 없다. 어찌 됐든 루이스 타글레는 문을 열어 주었고, 두서없는 말들을 몇 마디 주고받은 후(그는 비비아노가 영화를 보여 주겠다고 찾아왔다는 것을 이해하는 데 한참 걸렸다), 잠시 기다려 달라고 말하고는 다시 문을 닫았다. 그러고는 몇 초 후에 문을 열었고 이번에는 그를 안으로 들여보냈다. 집은 어둠에 잠겨 있었다. 전날 밤 루이스 타글레가 기름기와 향신료가 잔뜩 들어간 매우 강한 음식을 요리하기라도 한 듯 냄새가 강렬했다. 한순간 비비아노는 방 한 곳에서 소리가 났다고 믿었고, 루이스 타글레가 여자와 같이 있다고 생각했다. 그가 사과의 말을 하고 떠나려고 하자 루이스 타글레가 무슨 영화를 볼 생각이었냐며 물었다. 비비아노는 라우타로 극장에서 상영하는 베리만의 영화라고 대답했다. 루이스 타글레는 비비아노를 보며 다시 수수께끼와 같은 미소를 머금었고, 나는 그 미소가 제대로 설명이 되지 않아도 충분히 상상할 수 있었다. 그는 미안하다고 했다. 베로니카 가르멘디아와 이미 선약이 되어 있고, 게다가, 그가 설명했다. 자기는 베리만의 영화를 좋아하지 않는다고. 그때 비비아노는 그 집에 다른 사람이, 그가 루이스 타글레와 나누는 대화를 문 뒤에서 꼼짝도 하지 않고 엿듣고 있는 누군가가 있다고 확신했다. 그는 그 사람이 바로 베로니카라고 생각했다. 그렇지 않고서는 평소 지나칠 정도로 신중한 루이스 타글레가 그녀의 이름을 언급했다는 게 납득이 가지 않았다. 하지만 비비아노는 아무리 안간힘을 써도 그런 상황에 처한 우리의 여류 시인이 상상이 되지 않았다. 베로니카나 앙헬리카 가르멘디아는 문 뒤에서 남의 말을

3 칠레의 전통 의상. 망토 모양으로, 중남미 일대 인디언들이 입었다.

엿들을 사람이 아니었다. 그렇다면 누구란 말인가? 비비아노는 알 수가 없다. 어쩌면 바로 그 순간 그가 유일하게 알 수 있었던 사실은 루이스 타글레에게 작별 인사를 고하고 얼른 그곳을, 황량하고 끔찍한 그 집을 영영 떠나고 싶다는 거였다. 그가 한 말이었다. 그가 그 집을 묘사한 대로 얘기하자면 물론 그 집은 더 이상 깔끔할 수가 없었다. 벽은 깨끗했고, 책들은 철제 책장에 가지런히 꽂혀 있었고, 소파에는 남쪽 지방의 폰초[3]가 씌워져 있었다. 나무 걸상 위에는 루이스 타글레의 라이카 카메라가, 어느 날 오후 시 창작 교실의 팀원 전체를 찍어 주었던 바로 그 카메라가 놓여 있었다. 살짝 열려 있는 문을 통해 비비아노가 본 부엌의 모습은 평범했다. 혼자 사는 남학생의 집에서(하지만 루이스 타글레는 학생이 〈아니었다〉) 흔히 볼 수 있듯이 냄비와 지저분한 접시들이 수북이 쌓여 있지 않았다. 어찌 됐든, 옆 아파트에서 흘러나왔을 수도 있는 소리를 제외하면 이상할 건 아무것도 없었다. 비비아노에 의하면, 그는 루이스 타글레가 말하는 동안 자기가 가지 않았으면 하고 바라는 것 같은, 정말이지 루이스 타글레가 자기를 그곳에 붙잡아 두기 위해 계속 말을 이어 가고 있는 듯한 인상을 받았다. 전혀 객관적인 근거가 없는 그러한 인상은 내 친구의 불안을 몇 배로 더 늘려 주었고, 그에 의하면 참을 수가 없을 정도였다. 그런데 흥미로운 사실은 루이스 타글레가 그런 상황을 즐기는 것 같았다는 거다. 그는 비비아노가 점점 창백해지거나 아니면 숨 막혀 하면서도 계속 미소를 머금고 얘기 (아마도 베리만에 대한 얘기)하고 있다는 것을 알고 있었다. 집은 계속 침묵에 잠겨 있었고, 절대 깨지지 않는 침묵 속에서 루이스 타글레의 말만이 두드러졌다.

내가 무슨 말을 했더라?, 비비아노는 스스로에게 묻는다. 그는 편지에 이렇게 쓴다. 그걸 기억해 내는 게 중요한데, 아무리 노력해도 불가능하네. 분명한 것은 비비아노가 참을 수 있을 때까지 참다가 급기야는 허겁지겁 작별 인사를 하고 떠났다는 것이다. 그는 거리로 나서기 직전에 계단에서 베로니카 가르멘디아를 만났다. 그녀가 그에게 무슨 일이 있었냐며 물었다. 나한테 무슨 일이 있겠어?, 비비아노가 말했다. 나야 모르지, 베로니카가 말했다. 그런데 네 얼굴이 백지장처럼 새하얘. 나는 절대 그 말을 잊지 못할 거야, 비비아노가 편지에서 말한다. 〈백지장처럼 새하얘.〉 그리고 베로니카 가르멘디아의 얼굴도. 사랑에 빠진 여인의 얼굴이었다.

인정하는 건 슬프지만 사실이 그랬다. 베로니카는 루이스 타글레를 사랑했다. 심지어 앙헬리카도 그를 사랑했을 수 있다. 한번은, 아주 오래전에 비비아노와 내가 이에 대해 얘기한 적이 있었다. 내 생각에 우리가 마음 아팠던 것은 가르멘디아 자매 중 아무도 우리를 사랑하지 않고, 적어도 관심조차 보이지 않는 데 있었다. 비비아노는 베로니카를 좋아했다. 나는 앙헬리카를 좋아했다. 우리가 관심이 있다는 것은 공개적으로 알려진 사실이었지만 우리는 그녀들에게 내색조차 하지 못했다. 그런데 시 창작 교실의 다른 남자 회원들도 많이 다르지 않았다. 더하고 덜한 정도 차는 있었지만 모두 가르멘디아 자매를 좋아했다. 하지만 그녀들은, 아니면 적어도 그중 한 명은 독학생 시인의 야릇한 매력에 사로잡혀 있었다.

독학은 맞다. 하지만 그는 배우는 데 신경을 썼다. 디에고 소토의 시 창작 교실에서 그를 보았을 때 비비아노와 나는 이렇게 의견의 일치를 보았다. 그곳은 콘셉시온 대학의 또 다른 대표적인 시 창작 교실로, 윤리학이나 미학 분야에서 후안 스테인의 창작 교실과 경쟁 관계에 있었다. 물론 스테인과 소토는 그 시절에, 그리고 어쩌면 지금까지도 영혼을 나눈 친구 사이라고 부를 수 있다. 소토의 창작 교실은 의과대학에 있었는데, 나로서는 왜 그런지 이유는 잘 몰랐다. 환기도 잘되지 않고 가구도 제대로 갖춰지지 않은 방으로, 해부 시간에 학생들이 시체를 난도질하는 실험실과 복도 하나만을 사이에 두고 있었다. 당연히 실험실에서는 포르말린 냄새가 진동했다. 그리고 가끔 복도에서도 포르말린 냄새가 났다. 소토의 창작 교실에서는 매주 금요일 오후 8시에서 10시 사이에 모임이 열렸는데 대개 자정을 넘겨 끝이 났다. 가끔 어느 날 밤에는 그 방에서도 포르말린 냄새가 진동해 우리는 줄담배를 피우며 그 냄새를 희석해 보려고 애썼지만 아무 소용이 없곤 했다. 비비아노 오리안와 나를 제외하고는 스테인의 창작 교실에 열심히 드나드는 학생들은 소토의 창작 교실에 드나들지 않았고, 반대의 경우 역시 마찬가지였다. 사실 우리는 시 창작 교실뿐만 아니라 그 도시에서 열리는 강연회나 문화 및 정치 모임에도 열심히 참석해 규칙적으로 수업에 출석하지 못하는 것을 보완했다. 그렇기 때문에 어느 날 밤 루이스 타글레의 출현은 놀라움 그 자체였다. 그의 행동은 스테인의 창작 교실에서와 거의 비슷했다. 그는 경청했고, 그의 비판은 신중하고 간결했으며 항상 예의 바른 톤으로 깍듯했고, 자기가 지은 시는 무심하게 거리를 두고 읽었고, 아무리 혹독한 평이라도 불평 한마디 없이 받아들였다. 마치 우리의 비평을 받은 시들은 〈자기 시〉가 아닌 것 같았다. 그 점은 비비아노와 나만 느낀 게 아니었다. 어느 날 밤 디에고 소토는 그에게 거리를 두고 냉정하게 글을 쓴다고 말했다. 자네의 시 같지가 않군, 소토가 그에게 말했다. 루이스 타글레는 안색 하나 변하지 않고 그 말을 수긍했다. 지금 찾고 있는 중입니다, 그가 대답했다.

의과대학의 창작 교실에서 루이스 타글레는 카르멘 비야그란과 친해졌다. 카르멘은 가르멘디아 자매 같지는 않았지만 그래도 꽤 훌륭한 시인이었다. (최고의 시인들, 혹은 그렇게 될 가능성을 품은 시인들은 후안 스테인의 창작 교실에 있었다.) 그리고 그는 의과대학 창

---

4 Marta Harnecker. 칠레의 사회학자. 마르크스주의와 레닌주의 이론가이며, 현재 베네수엘라 차베스 대통령 정부의 고문을 맡고 있다.

작 교실에서 유일한 의대생인, 〈뚱보 포사다스〉라고도 불리는 마르타 포사다스와도 친해졌다. 산문시를 주로 쓰는 아주 하얗고, 아주 뚱뚱하고, 아주 슬픈 여학생으로, 그녀가 진정으로 원한 것은, 적어도 그 시절에는, 문학 비평계의 마르타 하르네케르[4]처럼 되는 거였다.

그는 남자들과는 친하지 않았다. 그는 비비아노와 나를 만나면, 스테인의 창작 교실과 소토의 창작 교실에서 일주일에 여덟아홉 시간을 만나는 사이인데도 깍듯하게 인사만 건넬 뿐 친근함은 조금도 내비치지 않았다. 〈남자들〉에게는 눈곱만큼도 관심이 없는 것 같았다. 그는 약간 묘한 구석이 있는(비비아노의 말에 따르면) 집에서 혼자 살았고, 시인들이 자기 작품에 갖는 순수한 자부심도 부족했고, 나의 전성기에서 가장 아름다운 여자들(가르멘디아 자매)과 친할 뿐만 아니라, 디에고 소토 창작 교실의 여자 둘 또한 정복했다. 한마디로 그는 비비아노 오리안과 나의 질투 대상이었다.

그러나 그를 아는 사람은 아무도 없었다.

비비아노와 내가 콘셉시온 최고의 지성인으로 여기는 후안 스테인과 디에고 소토는 전혀 눈치채지 못했다. 가르멘디아 자매도 마찬가지였다. 오히려 두 번인가 앙헬리카가 내 면전에서 루이스 타글레의 덕목을 칭찬한 적이 있었다. 그에게 진지하고 예의 바르며 생각이 반듯하고 남의 얘기를 귀담아듣는 큰 장점이 있다는 거였다. 비비아노와 나는 그를 싫어했지만 우리 역시 아무런 눈치도 채지 못했다. 뚱보 포사다스만이 실제로 루이스 타글레의 뒤에 뭔가가 있음을 눈치챘다. 우리가 얘기를 나눴던 날 밤이 기억난다. 우리는 극장에 갔다가 영화가 끝난 후 시내에 있는 한 레스토랑에 들렀다. 비비아노가 스테인 창작 교실과 소토 창작 교실 사람들의 글이 담긴 파일을 가지고 있었다. 출판하겠다고 나서는 신문사가 없는 콘셉시온 젊은 시인들의 열한 번째 짧은 시 선집을 위한 것이었다. 뚱보 포사다스와 나는 열심히 종이들을 들춰 보았다. 누구누구를 시선집에 넣을 건데?, 나는 선별된 사람들 중에 나도 있을 거라는 걸 알면서 물었다. (그렇지 않았다면 비비아노와의 우정은 그다음 날 바로 깨졌을 것이다.) 비비아노가 말했다. 너하고, 마르티타[5](뚱보), 베로니카, 앙헬리카. 그리고 물론 카르멘, 그러고는 스테인 창작 교실의 시인 한 명과 소토 창작 교실의 시인 한 명씩 두 명을 더 언급했고, 마지막으로 루이스 타글레의 이름을 말했다. 뚱보가 루이스 타글레의 4절지 원고 세 장을 찾을 때까지 손가락(늘 잉크 얼룩이 묻어 있었고 손톱이 꽤 지저분해 의대생에게는 어울리지 않는 모습이었는데, 물론 뚱보는 자기 전공을 얘기할 때면 너무나도 의기소침해지는 바람에, 그녀가 결코 졸업장을 따지 못하리라는 건 누구도 의심하지 않았다)

---

5 마르티타Martita는 마르타Marta에 축소사가 붙은 형태로 애정을 담아 부르는 표현이다.

6 Jorge Teillier Sandoval(1935~1996). 칠레 시인. 〈가정 시〉의 창시자, 근원과 잃어버린 낙원을 회복하고자 하는 시풍의 창시자이다. 그 시절 유행하던 모더니즘에 반대하며 일상을 찬양했다.

으로 종이들을 짚어 가며 잠시 동안 아무 말 없이 가만히 있었던 걸로 기억난다. 그는 포함시키지 마, 그녀가 뜬금없이 말했다. 루이스 타글레?, 나는 내 귀를 의심하며 물었다. 뚱보는 그의 무조건적인 추종자가 아니었던가? 오히려 비비아노는 아무 말 하지 않았다. 시 세 편은 짧았고, 단 한 편도 열 줄을 넘지 않았다. 한 편은 풍경에 대한 것이었는데, 경치와 나무들, 흙 길, 길에서 멀리 떨어져 있는 집, 나무 울타리, 언덕, 구름을 묘사했다. 비비아노에 의하면 〈상당히 일본풍〉이었고, 내가 볼 때는 호르헤 테일리에르[6]가 뇌에 충격을 받은 후 쓴 것 같았다. 두 번째 시는 돌집의 틈새로 스며드는 공기(제목이 〈공기〉였다)에 대해 얘기했다. (이 시에서는 테일리에르가 실어증 환자가 되어 계속 문학에 집착하는 것 같았다. 그 당시, 1973년에 내가 이상하게 생각하지 말아야 했던 것은 테일리에르의 빌어먹을 자식들 중 적어도 절반이 실어증 환자가 되어 계속 고집을 피웠다는 사실이다.) 마지막 시는 완전히 잊어버렸다. 어느 순간엔가 뜬금없이(나에게는 그렇게 보였다) 칼 한 자루가 나타났던 것만 기억난다.

왜 그를 포함시키지 말라는 거지?, 비비아노는 팔이 베개라도 되고 테이블이 자기 방 침대라도 되는 듯 테이블 위로 한쪽 팔을 길게 뻗어 팔베개를 하며 물었다. 난 너희가 친한 줄 알았는데, 내가 말했다. 우리는 친해, 뚱보가 말했다. 그래도 나라면 그를 포함시키지 않을 거야. 왜?, 비비아노가 물었다. 뚱보가 어깨를 으쓱했다. 그의 시 같지가 않거든, 얼마 후 그녀가 말했다. 내가 제대로 설명하는지는 모르겠지만 진짜 그의 시 말이야. 자세히 얘기해 봐, 비비아노가 말했다. 뚱보가 내 눈을 바라보다가(나는 그녀의 앞에 있었고, 비비아노는 그녀의 옆에서 잠이 든 것 같았다) 말했다. 알베르토는 좋은 시인이지만 아직 제대로 맛이 나지 않아. 그가 숫총각이라는 거야?, 비비아노가 물었지만 뚱보와 나는 그의 말에 대꾸도 하지 않았다. 나는 궁금해졌다. 너는 그의 다른 시들도 읽어 봤니? 뭘 쓰는데? 어떻게 쓰는데? 뚱보가 혼자 속으로 웃었다. 그녀조차도 우리에게 해줄 말을 믿지 못하겠다는 듯이. 알베르토는, 칠레 시에 혁명을 일으킬 거야. 뭐라도 읽은 거야? 아니면 네가 가지고 있는 예감을 말하는 거야? 뚱보가 콧소리를 내며 침묵을 지켰다. 하루는, 그녀가 느닷없이 말했다. 내가 그의 집에 갔었어. 우리는 아무 말도 하지 않았지만 나는 비비아노가 테이블에 기댄 채 미소를 머금고 그녀를 친근하게 바라보고 있는 모습을 보았다. 물론 그가 나를 기다린 건 아니었지, 뚱보가 분명히 밝혔다. 네가 무슨 말을 하려는지 알겠어, 비비아노가 말했다. 알베르토는 나에게 솔직했어, 뚱보가 말했다. 나는 루이스 타글레가 누구에게 솔직하다는 게 상상이 되지 않아, 비비아노가 말했다. 모든 사람들은 그가 베로니카 가르멘디아를 사랑한다고 믿고 있지만 그건 사실이 아니야, 뚱보가 말했다. 그가 너에게 말해 준 거니?, 비비아노가 물었다. 뚱보는 엄청난 비밀을 알고 있기라도 한 듯 미소를 머금었다. 이 여자가 마음에 들지 않는데, 나는 그때 그렇게 생각했던 기억이 난다. 재능도 있고, 똑똑하고, 동료이지만, 내 마음에는 들지 않는군. 아니, 그가 나에게 말해 준 건 아니야, 뚱보가 말했다. 그가 다른 사람들에게는 하지 않는 얘기를 나한테 하기는 하지만 말이야. 〈다른 여자들〉이겠지, 비비아노가 말했다. 그래, 다른 여자들, 뚱보가 말했다. 너한테 어떤 얘기를 하는데? 뚱보는 대답에 앞서 한참 생각에 잠겼다. 물론 새로운 시에 대해서지. 다른 무슨 얘기를 하겠어. 그가 쓰려고 하는 시?, 비비아노가 회의적인 투로 물었다. 그가 〈하려고〉 하는 시, 뚱보가 말했다. 너희는 내가 왜 이렇게 확신하는지 아니? 그의 의지 때문이야. 그녀는 우리가 무슨 질문이라도 하기를 잠시 기다렸다. 그는 강철과 같은 의지를 지녔어, 그녀가 덧붙였다. 너희는 그를 몰라. 늦었다. 뚱보를 쳐다보던 비비아노가 일어나 돈을 냈다. 너는 그에 대한 믿음이 그렇게 강하면서 왜 비비아노에게 그를 시 선집에 포함시키지 말라고 한 거지?, 내가 물었다. 우리는 목에 목도리를 두르고(나는 그 시절처럼 기다란 목도리는 절대 다시 두르지 않았다) 추운 거리로 나왔다. 왜냐면 그의 시가 〈아니기〉 때문이야, 뚱보가 말했다. 그런데 그걸 네가 어떻게 아는데?, 내가 흥분해서 물었다. 왜냐면 나는 사람들이 어떤지 알기 때문이야, 뚱보가 텅 빈 거리를 바라보며 슬픈 목소리로 말했다. 나에게는 잘난 척이 극에 달한 것처럼 느껴졌다. 비비아노가 우리를 따라 나왔다. 그가 말했다. 마르티타, 내가 확신하는 건 극히 드문데, 그중 하나가 루이스 타글레는 절대 칠레 시에 혁명을 일으키지 않을 거라는 거야. 내가 보기에 그는 좌파도 아닌 것 같은데, 내가 덧붙였다. 놀랍게도 뚱보가 내 말에 역성을 들었다. 아니야, 좌파는 아니야, 그녀가 갈수록 서글퍼지는 목소리로 수긍했다. 한순간 나는 그녀가 울음을 터트릴 것 같아 대화를 바꿔 보려고 노력했다. 비비아노가 웃었다. 마르티타, 너 같은 친구만 있으면 적이 필요 없겠다. 물론 비비아노는 농담이었지만 뚱보는 그의 말을 그렇게 이해하지 못하고 바로 자리를 뜨려고 했다. 우리는 그녀를 집까지 바래다주었다. 버스를 타고 가면서 우리는 영화와 정치적 상황에 대해 이야기했다. 헤어지기 전에 그녀는 우리를 물끄러미 바라보더니 우리에게 약속을 지켜 달라고 했다. 뭘?, 비비아노가 물었다. 우리가 한 말에 대해 알베르토에게 아무 말도 하지마. 알았어, 비비아노가 말했다. 약속할게, 네가 시 선집에서 그를 제외시키라고 했다는 말은 하지 않을게. 시 선집은 출판되지도 않을 텐데, 뚱보가 말했다. 그럴 가능성이 아주 크지, 비비아노가 말했다. 고마워, 비비(그녀만이 비비아노를 그렇게 불렀다), 뚱보는 말하고 그의 뺨에 입을 맞췄다. 우리는 그에게 아무 말도 하지

7 Enrique Lihn Carrasco(1929~1988). 20세기 가장 중요한 칠레 시인들 중의 한 명. 서정시에서 실험 시까지 다양한 장르를 실험했으며, 극작가, 소설가, 비평가, 화가로도 활동했다.

않을게, 맹세해, 내가 말했다. 고마워, 고마워, 정말 고마워, 뚱보가 말했다. 나는 그녀가 농담하는 거라고 생각했다. 베로니카에게도 아무 얘기 하지 마, 그녀가 말했다. 나중에 걔가 알베르토한테 얘기할 수도 있잖아, 너희도 잘 알잖아. 알았어, 우리는 걔한테도 얘기하지 않을게. 그 얘기는 우리 셋만 알고 있는 거다, 약속하는 거지?, 뚱보가 말했다. 약속해, 우리가 말했다. 마침내 뚱보는 등을 돌려 건물의 현관문을 열었고, 우리는 엘리베이터로 들어가는 그녀를 보았다. 그녀는 사라지기 전에 우리에게 손을 흔들며 마지막으로 인사했다. 정말 특이한 여자야, 비비아노가 말했다. 나는 웃었다. 우리는 각자의 집을 향해, 비비아노는 자기가 사는 하숙집을 향해, 나는 우리 부모님의 집을 향해 걸어갔다. 그날 밤 비비아노는 말했다. 칠레 시는, 우리가 엔리케 린[7]을 정확히 읽을 수 있는 날 바뀔 거야, 그 전은 아니야. 그러니까, 아주 한참 후에.

며칠 후 군사 쿠데타가 발발했고 탈주가 시작되었다.

어느 날 밤 나는 특별한 이유 없이, 그냥 안부나 묻기 위해 가르멘디아 자매에게 전화를 걸었다. 우리 떠날 거야, 베로니카가 말했다. 나는 목구멍에 뭔가가 걸린 기분으로 언제냐고 물었다. 내일. 나는 통행금지에도 불구하고 그날 밤 당장 그녀들을 만나러 가겠다며 고집을 피웠다. 두 자매가 사는 아파트는 우리 집에서 그다지 멀지 않았고, 게다가 통행금지를 어기는 것도 처음은 아니었다. 내가 도착했을 때는 밤 10시였다. 가르멘디아 자매는 놀랍게도 차를 마시며 책을 읽고 있었다. (나는 트렁크들이 뒤죽박죽인 가운데 그녀들이 도주 계획을 짜고 있을 거라 기대했던 것 같다.) 그녀들은 외국이 아니라 나시미엔토, 콘셉시온에서 몇 킬로미터 떨어진 자그마한 마을에 있는 부모님 집에서 머물 거라고 했다. 흡족해진 내가 안도의 한숨을 내쉬며 말했다. 난 너희가 스웨덴이나 뭐 그런 데로 가는 줄 알았어. 그러면야 더 바랄 게 없지, 앙헬리카가 말했다. 그러고 나서 우리는 며칠 전부터 보이지 않는 친구들과 틀림없이 구속되었을 친구들, 어쩌면 숨어 다니고 있을 친구들, 쫓기고 있는 친구들에 대해, 그 당시 할 법한 뻔한 추측들을 하며 말하기 시작했다. 가르멘디아 자매는 두렵지 않았지만(그녀들은 두려울 이유가 없었다. 그녀들은 단지 학생이었고, 당시 〈극단주의자〉로 불리던 사람들, 특히 사회대학의 행동파들과는 개인적으로 친분만 있을 뿐이었다) 나시미엔토로 가고자 했다. 콘셉시온이 견디기 힘든 곳이 되었고, 그리고 그녀들이 인정한 대로, 〈실제 삶〉이 심각하게 불쾌하고 추하고 난폭한 면을 띨 때면 늘 부모님 집으로 돌아가곤 했기 때문이었다. 그렇다면 너희는 지금 당장 떠나야 해, 나는 그녀들에게 말했다. 내가 보기에는 우리가 추하고 난폭한 면에서 세계 챔피언급으로 접어드는 것 같으니까. 그녀들은 웃으며 나에게 그만 가보라고

8 칠레에서 실용적인 자동차로 엄청난 인기몰이를 한 프랑스 자동차 회사 시트로엥의 모델명.

했다. 나는 조금 더 있겠다며 고집을 피웠다. 나는 그날 밤을 내 인생에서 가장 행복한 밤으로 기억한다. 새벽 1시에 베로니카가 나에게 그곳에서 자는 게 낫겠다고 말했다. 아무도 저녁을 먹지 않아 우리 세 사람은 부엌으로 들어가 양파를 넣은 계란을 만들고 빵과 차를 준비했다. 나는 갑자기 행복한 기분이, 무지하게 행복한 기분이 들어 뭐든지 할 수 있을 것 같았다. 그 시절 내가 믿었던 모든 것이 영원히 허물어져 버렸고, 많은 사람들이, 그중에는 내 친구 한 명 이상이 쫓겨 다니거나 고문을 받고 있다는 걸 알면서도 말이다. 나는 노래를 부르고 춤을 추고 싶었고 나쁜 소식들(아니면 나쁜 소식들이 있을 것 같은 불길한 예감)은 나의 기쁨이라는 불길에 장작을 더 지펴 주는 격이 되었다. 나에게 이런 표현이 허락된다면, 더 이상 유치할 수 없는 표현이지만(그 시절에는 〈촌스럽다고〉 했을 것이다), 이는 나의 심리 상태를, 심지어 가르멘디아 자매와 1973년 9월에 스무 살 또는 스무 살도 채 되지 않았던 이들의 심리 상태를 표현한 거라 감히 말할 수 있다.

새벽 5시경 나는 소파에서 잠이 들었다. 4시간 후 앙헬리카가 나를 깨웠다. 우리는 부엌에서 침묵을 지키며 아침 식사를 했다. 정오에 그녀들은 1968년 모델인 레몬색 시트로네타[8]에 트렁크 두어 개를 싣고, 나시미엔토를 향해 떠났다. 다시는 그녀들을 보지 못했다.

화가 부부인 그녀들의 부모는 쌍둥이 자매가 열다섯 살이 되기 전에 세상을 떠났다. 교통사고로 그랬던 것 같다. 나는 한 번 그들의 사진을 본 적이 있다. 아버지는 까무잡잡하고 마른 체구에 광대뼈가 많이 튀어나왔으며, 비오비오[9] 지방의 남쪽에서 태어난 사람들만이 지을 수 있는 서글프면서도 당혹스러운 표정을 지녔다. 어머니는 아버지보다 훨씬 키가 컸거나 커 보였고 약간 통통한 편이었으며, 미소가 달콤하고 자신에 차 보였다.

   그들은 죽으면서 딸들에게 나시미엔토의 집을 남겨 주었다. 마을 외곽에 위치한 그 집은 목재와 돌로 지어진 3층짜리 집으로, 맨 위층에는 그들이 작업실로 사용하던 커다란 다락방이 있었다. 또한 딸들이 어렵지 않게 살 수 있도록 물첸 근처의 땅을 남겨 주었다. 가르멘디아 자매는 자주 부모님 이야기를 했고(나는 훌리안 가르멘디아라는 이름은 어디서도 들어본 적이 없지만 그녀들에 의하면 훌리안 가르멘디아는 그 세대 최고 화가들 중 한 명이었다), 칠레의 남쪽에서 길을 잃고 헤매며 절망적인 작품과 절망적인 사랑에 몸부림치는 화가들이 그녀들의 시에 등장하는 것도 이상할 건 없었다. 훌리안 가르멘디아는 마리아 오야르순을 절망적으로 사랑했을까? 사진을 떠올리는 순간 그 말은 믿기 힘들어진다. 하지만 1960년대에 칠레에서 다른 사람을 절망적으로 사랑한 사람이 있었다는 말은 믿기 어렵지 않다. 단지 내겐 이상하게 들린다. 거대한 시네마테크의 잊혀진 책장에서 잃어버린 영화를 떠올

---

9 칠레 중부 지방으로 콘셉시온이 속해 있다.

리게 한다. 그러나 나는 그 말을 사실이라 믿는다.

여기서부터 나의 이야기는 대부분 추측에 근거한다. 가르멘디아 자매는 나시미엔토로 떠났고, 외곽에 위치한 커다란 집에는 돌아가신 엄마의 언니인 큰이모 에마 오야르순과 아말리아 말루엔다라는 늙은 하녀만이 살고 있었다.

그렇게 그녀들은 나시미엔토로 돌아가 집에 틀어박혀 지냈다. 그러고는 2주나 한 달쯤 지난 어느 날(그렇게 많은 시간이 흐른 것 같지는 않다), 알베르토 루이스 타글레가 모습을 드러냈다.

이렇게 될 수밖에 없었을 것이다. 해 질 녘에, 활력 넘치면서도 우수에 찬 남쪽 지방의 해 질 녘에, 자동차 한 대가 흙 길에 모습을 드러낸다. 하지만 가르멘디아 자매는 피아노를 치고 있거나, 아니면 과수원에서 열심히 일하고 있거나, 큰이모와 하녀와 함께 집 뒤에서 장작을 나르느라 자동차 소리를 듣지 못한다. 누군가 문을 두드린다. 몇 번 두드리자 하녀가 문을 열어 주고, 그곳에 루이스 타글레가 서 있다. 그는 가르멘디아 자매에 대해 묻는다. 하녀는 그를 들여보내지 않고 그녀들을 부르러 가겠다고 말한다. 루이스 타글레는 널찍한 포치의 대나무 소파에 앉아 인내심을 가지고 기다린다. 가르멘디아 자매는 그를 본 순간 감격스러워하며 인사를 건네고, 얼른 그를 들여보내지 않았다며 하녀를 나무란다. 처음 30분 동안 루이스 타글레는 질문 공세를 받는다. 물론 큰이모에게 그는 친절하고, 잘

생긴 외모에 예의가 바른 청년으로 보인다. 가르멘디아 자매는 행복해한다. 당연히 루이스 타글레는 식사에 초대받고, 그를 융숭하게 대접하기 위한 저녁 식사가 차려진다. 나는 그들이 먹은 메뉴까지 상상하고 싶지는 않다. 어쩌면 옥수수 파이나 고기만두인 엠파나다를 먹었을 수도 있다. 하지만 아니다. 틀림없이 다른 음식을 먹었을 것이다. 그리고 당연히 그녀들은 그에게 자고 가라고 청한다. 루이스 타글레는 순순히 받아들인다. 식사를 마친 후, 이어 밤이 되기 직전까지, 가르멘디아 자매는 황홀해하는 큰이모와 다 안다는 듯한 표정으로 침묵을 지키는 루이스 타글레 앞에서 시를 낭송한다. 물론 그는 아무 시도 낭독하지 않는다. 그는 변명하며 그 시들 앞에서는 자기 시가 많이 부족하다고 말한다. 큰이모는 계속 우긴다. 제발, 알베르토, 당신의 시를 낭송해 줘요. 하지만 그는 꿈적도 하지 않고, 뭔가 새로운 걸 막 완성하려 한다며, 그걸 마무리

---

10 Joyce Mansour(1928~1986). 초현실주의 여류 시인. 영국에서 유태계 이집트인 부모 아래 태어나 카이로에서 살던 중 1953년 파리로 건너가 초현실주의 시인이 되었다.

11 Sylvia Plath(1932~1963). 미국의 여류 시인, 단편소설 작가. 영국의 계관시인 테드 휴스와 결혼했으며 자살로 생을 마감했다.

12 Alejandra Pizarnik(1936~1972). 아르헨티나의 여류 시인. 유태계 러시아인 이민자로 부에노스아이레스에서 살던 중 1960년 파리로 건너가 파리 현대 문학계에 몸담았다. 세코날 과다 복용으로 사망했다.

13 Violeta del Carmen Parra Sandoval(1917~1967). 칠레의 가수이자 화가, 조각가, 도자기 작가. 칠레 대중음악의 창시자이다.

14 Nicanor Parra Sandoval(1914~). 칠레 시인. 전통적인 문학 형식에 반대하는 반시(反詩)를 추구하며 일상적이고 대중적인 언어를 구사하고자 했다.

해 전부 교정볼 때까지는 공개하지 않는 게 낫다며 미소를 머금는다. 그는 어깨를 으쓱하며, 아닙니다, 미안합니다, 아니요, 아니에요, 라고 말한다. 그리고 가르멘디아 자매는 그의 편을 든다. 큰이모, 짓궂게 그러지 마세요. 그녀들은 그를 이해한다고 〈믿는다〉. 순진한 그녀들은 아무것도 이해하지 못하지만(〈새로운 칠레 시〉가 막 태어나려는 순간이다) 이해한다고 믿으며 루이스 타글레의 흡족한 표정(틀림없이 경청하기 위해 두 눈을 지그시 감았을 것이다)과 순간순간 당황해하는 이모 앞에서 시들을, 훌륭한 시들을 낭송한다. 앙헬리카, 어떻게 그런 엄청난 말을 할 수 있는 거니?, 아니면 베로니카, 얘야, 나는 아무것도 이해하지 못하겠구나, 알베르토, 그 은유가 무슨 의미인지 나에게 설명해 줄 수 있어요?, 그리고 루이스 타글레는 조이스 맨수어[10]와 실비아 플래스,[11] 알레한드라 피사르니크[12]의 기표와 기의에 대해 열심히 설명한다(물론 가르멘디아 자매는 아니라고, 우리는 피사르니크를 좋아하지 않아, 라고 말한다. 사실은 피사르니크처럼 시를 〈쓰지〉 않는다고 말하려는 거였다). 그리고 루이스 타글레는 이제 말문을 열고, 큰이모는 비올레타 파라[13]와 니카노르 파라[14]에 대한 얘기를 들으며 고개를 끄덕인다(나는 비올레타를 봤어, 그녀의 텐트에서, 그럼, 불쌍한 에마 오야르순이 말한다). 그러고 나서 그는 엔리케 린과 서민시에 대해 말한다. 가르멘디아 자매가 좀 더 신경을 썼더라면 루이스 타글레의 눈에서 아이러니한 광채를 발견했을 것이다. 서민 시, 내가 여러분에게 서민 시를 드리겠습니다. 그리고 마침내 그는 충동적으로, 1949년 스물여섯이란 나이로 세상을 떠난 칠레의 초현실주의자 호르헤 카세레스[15]에 대해 말한다.

그때 가르멘디아 자매가 일어난다, 아니 어쩌면 베로니카 혼자만 일어나 넓은 서재에서 카세레스의 책을 찾아 가지고 돌아온다. 시인이 겨우 스무 살이었을 때 출판한 『거대한 남극 피라미드의 길을 따라서』이다. 언젠가 가르멘디아 자매가, 어쩌면 앙헬리카가 우리 세대의 신화라 할 수 있는 카세레스의 전 작품을 재판(再版)해야 한다고 얘기한 적이 있었다. 그러니 루이스 타글레가 그를 언급한 것도 이상할 건 없다(물론 카세레스의 시는 가르멘디아 자매의 시와 아무 상관도 없다. 비올레타 파라와 니카노르는 상관이 있지만 카세레스는 아니다). 그리고 그는 또한 앤 섹스턴[16]과 엘리자베스 비숍,[17] 드니즈 레베르토프[18]를 언급한다(그들은 가르멘디아 자매가 좋아하는 시인들로, 언젠가 창작 교실에서 후안 스테인이 흡족해하는 앞에서 그녀들이 그들의 시를 번역해 낭송한 적이 있었다). 그러고

---

15 Jorge Cáceres(1923~1949). 칠레의 시인이자 비주얼 아티스트, 발레리노. 초현실주의 단체인 만드라고라의 일원이기도 했다.
16 Anne Sexton(1928~1974). 미국의 여류 시인, 작가. 우울증과의 오랜 투쟁을 담은 내밀한 고백의 시로 유명하다.
17 Elizabeth Bishop(1911~1979). 미국의 여류 시인, 작가. 20세기의 가장 중요한 미국 모더니즘 시인 중 하나로 손꼽힌다.
18 Denise Levertov(1923~1997). 미국의 여류 시인. 기독교의 영향 아래 종교적인 테마를 다룬 시로 알려져 있다.

나서 그들 모두는 아무것도 이해하지 못하는 큰이모를 비웃으며 집에서 만든 쿠키를 먹고 기타를 친다. 그리고 그들 중 누군가 어두컴컴한 복도에 서서 감히 안으로 들어오지 못하고 자기네를 지켜보고 있는 하녀를 주시한다. 큰이모는 그녀에게 얼른 들어오라고 말한다. 아말리아, 그렇게 숫기 없이 굴지 마. 파티의 음악과 소음에 이끌린 하녀는 두 발자국을 내딛지만, 더는 한 발자국도 내딛지 않는다. 잠시 후 밤은 깊어지고 즐거운 시간은 막을 내린다.

몇 시간 후 알베르토 루이스 타글레가, 물론 그때는 이미 카를로스 비더라고 부르기 시작했었지만, 일어난다.

모두들 잠들었다. 어쩌면 그는 베로니카 가르멘디아와 잤을 것이다. 중요하지는 않다. (내 말의 의미는, 이제는 중요하지 않다는 것이다. 물론 그 시절에는 불행하게도 중요했지만). 분명한 것은 카를로스 비더가 몽유병자처럼 벌떡 일어나 침묵 속에서 집안을 돌아다녔다는 것이다. 그는 큰이모의 방을 찾는다. 그의 그림자가 복도를 지나간다. 그 지역 장인의 생산품들과 접시들(나는 나시미엔토가 도자기로 유명한 곳이라 알고 있다) 사이로 훌리안 가르멘디아와 마리아 오야르순의 그림들이 걸려 있는 복도를 따라. 어찌 됐든 비더는 아주 조심스럽게 문을 연다. 마침내 그는 부엌 바로 옆으로, 1층에 있는 큰이모의 방으로 들어간다. 틀림없이 그 앞이 하녀의 방일 것이다. 그가 방 안으로 미끄러지

듯 들어간 순간, 그는 집 가까이 다가오는 자동차 소리를 듣는다. 비더는 미소를 머금으며 서두른다. 그는 단숨에 침대 머리맡으로 뛰어오른다. 그의 오른손에 칼끝이 휘어진 단도가 들려 있다. 에마 오야르순은 기분 좋게 잠들어 있다. 비더는 그녀의 베개를 빼내 얼굴을 덮는다. 그러고는 곧바로 단번에 그녀의 목을 긋는다. 바로 그 순간 자동차가 집 앞에 멈춰 선다. 비더는 이미 방 밖으로 나와 이제 하녀의 방으로 들어간다. 하지만 침대는 비어 있다. 한순간 비더는 어찌할 바를 모른다. 침대를 발로 걷어차고, 아말리아 말루엔다의 옷들이 쌓여 있는 낡고 허름한 나무 옷장을 박살 내려 한다. 하지만 그런 기분은 잠깐일 뿐이다. 잠시 후 그는 현관 쪽으로 가서, 평소처럼 숨을 내쉰 후, 도착한 남자 네 명에게 문을 열어 준다. 그들은 고개만 살짝 숙여 인사하고(그렇지만 존경심은 묻어나게끔) 음울한 시선으로 어둠에 잠긴 집안과 양탄자, 커튼을 주시한다. 처음부터 숨기에 가장 이상적인 장소를 찾아내 평가하는 것 같다. 하지만 숨을 사람들은 그들이 아니다. 그들은 숨어 있는 사람들을 찾아다니는 사람들이다.

   그들을 따라 밤이 가르멘디아 자매의 집으로 들어온다. 그리고 15분 후, 어쩌면 10분 후, 그들이 떠날 때 밤은 다시 밖으로 나왔다가, 곧바로 일사불란하고도 잽싸게 다시 들어갔다가 나온다. 시신들은 절대 발견되지 않을 것이다. 어쩌면 시신 〈한 구〉만이 발견될 것이다. 몇 년 후 공동묘지에서 시신 한 구만이, 앙헬리카 가르멘디아의 시신이, 나의 사랑하는, 그 누구와도 비교할 수 없는 앙헬리카 가르멘디아의 시신이 나타날 것이다. 그러나 그 시신만이 유일할 것이다. 카를로스 비더가 신이 아닌 인간임을 증명하듯.

2

　인민 연합[1]이라는 마지막 구조선이 침몰되어 가던 즈음, 나는 체포되었다. 내가 체포된 상황은 진부했으며 기괴하다고까지는 할 수 없었다. 그러나 내가 그곳에 있었다는 이유 하나로, 거리나 카페에 있거나 침대에서 뭉개며 방 안에 틀어박혀 있지 않았다는 이유로(이 가능성이 가장 크다), 나는 카를로스 비더의 첫 번째 시 퍼포먼스를 목격하게 되었다. 물론 그 당시 나는 카를로스 비더가 누군지, 가르멘디아 자매에게 어떤 운명이 닥쳤는지 전혀 알지 못했다.

　어느 해 질 녘에 — 비더는 황혼을 사랑했다 — 벌어진 일이었다. 콘셉시온 외곽에, 거의 탈카우아노[2]에 위치한 라 페냐 임시 수용소에서 우리는 60여 명 되는 다른 수감자들과 함께 마당에서 체스를 두거나 그냥 수다나 떨며 권태로움을 달래고 있었다.

---

[1] 칠레 사회 민주당과 칠레 공산당의 연합 정당. 1970년 대통령 선거에서 살바도르 아옌데가 인민 연합 후보로 출마해 당선되었다.
[2] 비오비오 지방의 항구 도시.

30분 전만 해도 완벽하게 화창했던 하늘이 동쪽을 향해 구름 파편들을 몰아가기 시작했다. 아직 해안 위에 떠 있을 때인 초반에는 바늘이나 담배 모양으로 길고 얇게 생긴 구름들이 회색빛을 띠었다. 그러다가 잠시 후 마을로 향하면서 구름은 분홍색을 띠었고, 마침내 강 위를 달릴 때는 반짝이는 주황색을 띠었다.

바로 그 순간, 왜 그런지 이유는 모르겠지만 내가 죄수들 중에서 유일하게 하늘을 보고 있다는 기분이 들었다. 내가 열아홉 살이라 그랬을 수도 있었다.

천천히, 구름들 사이로, 비행기가 모습을 드러냈다. 처음에는 모기보다 크지 않은 작은 얼룩처럼 보였다. 근처의 공군 기지에서 온 비행기가 해안을 따라 잠시 비행한 후 다시 기지로 돌아가는 거라 생각했다. 조금씩, 하지만 어려움 없이, 공중을 활공하듯, 비행기는 도시로 다가가고 있었다. 어떤 때는 하늘 높이 떠 있는 원기둥 모양의 구름들에, 또 어떤 때는 바람에 밀려 지붕에 거의 닿을락 말락 떠 있는 바늘 모양의 구름들에 휩쓸려.

비행기는 구름 못지않게 유유히 떠다니는 인상을 주었지만 잠시 후 나는 그것이 단순한 착시 효과임을 알았다. 라 페냐 임시 수용소 위를 지날 때의 비행기 소음은 고장난 세탁기 소음과도 같았다. 거기서 나는 조종사의 모습을 볼 수 있었다. 한순간 조종사가 손을 들어 우리에게 인사를 건넨다고 믿었다. 그러고 나서 비행기는 기수(機首)를 들어 높이 솟구쳐 올라가더니 어느새 콘셉시온 시내 위를 날고 있었다.

그리고 비행기는 그곳에서, 그 높이에서, 하늘 위에 시 한 편을 쓰기 시작했다. 처음에는 조종사가 미쳤다고 생각하고 그다지 이상하게 여기지 않았다. 그 시절에는 광기가 흔했으니까. 나는 허공에서 비행기가 자포자기한 심정으로 회전한 후 바로 도시의 건물이나 광장으로 곤두박질칠 거라 생각했다. 하지만 곧이어 바로, 그 하늘에서 태어나기라도 한 듯, 글자들이 모습을 드러냈다. 바라보는 사람들의 눈을 시리게 할 정도로 붉고도 푸른 하늘이라는 거대한 스크린 위로 시커먼 잿빛 연기가 완벽하게 그려 낸 글자들이었다. IN PRINCIPIO······ CREAVIT DEUS······ COELUM ET TERRAM(태초에······ 하느님이······ 천지를 창조하시느니라), 나는 꿈을 꾸듯 읽었다. 광고 캠페인일 거라고 믿었다 — 기대했다. 나는 혼자 웃었다. 그런데 그 순간 비행기가 우리 쪽으로, 서쪽으로 돌아와 반(半)회전하며 또 다른 볼거리를 제공했다. 이번에는 구절이 훨씬 길어 남쪽 외곽까지 펼쳐졌다. TERRA AUTEM ERAT INANIS······ ET VACUA······ ET TENEBRAE ERANT······ SUPER FACIEM ABYSSI······ ET SPIRITUS DEI······ FEREBATUR SUPER AQUAS······(땅이 혼돈하고······ 공허하며······ 흑암이······ 깊음 위에 있고······ 하느님의 신은······ 수

---

3 메서슈미트 Bf 109는 나치 독일이 제2차 세계 대전에서 주력기로 사용했던 전투기로, 독일군 전투기 중 가장 많이 생산되고 사용되었다.

면에 운행하시니라⋯⋯).

한순간 비행기가 지평선 쪽으로 사라지는 줄 알았다. 코스트 산맥이나 안데스 산맥 쪽으로. 나는 정말 몰랐다고 맹세한다. 남쪽으로, 거대한 숲 쪽으로 사라지는 줄 알았다. 하지만 비행기는 돌아왔다.

그때는 라 페냐 임시 수용소에 있는 거의 모든 사람들이 하늘을 바라보고 있었다.

점점 미쳐 가던(적어도 그 진단은 수감자들 중 사회주의 성향을 지닌 심리학자가 내린 것으로, 사람들의 얘기에 의하면 나중에 그는 지적이고 감정적인 능력이 충만한 상태에서 총살당했다고 한다) 노르베르토란 죄수는 여자 감옥과 남자 감옥의 마당을 가르고 있던 울타리 위로 올라가 메서슈미트 109^3야, 나치 독일 공군의 메서슈미트 전투기야, 1940년 최고의 전투기야 하며 소리 지르기 시작했다. 나는 비행기와 그를, 이어 다른 수감자들을 유심히 바라보았다. 라 페냐 임시 수용소가 시간 속으로 자취를 감추기라도 한 듯 모두 투명한 잿빛에 푹 잠겨 있는 듯했다.

밤이 되면 다들 맨바닥에 드러누워 잠을 자는 체육관 현관문 앞에서, 군경 대원 두 명이 하던 얘기를 그만두고 하늘을 바라보았다. 모든 죄수들이 체스 게임과 우리에게 대략 남은 날들을 세는 일, 비밀 이야기를 그만두고 일어나 하늘을 바라보았다. 원숭이처럼 울타리에 매달려 있던 정신 나간 노르베르토는 낄낄거리며 제2차 세계 대전이 지구에 돌아왔다고 말했다. 제3차 세계 대전이라고 말하는 사람들은 착각한 거야, 그가 말했다. 제2차 세계 대전이 돌아온 거야, 돌아온 거라고, 돌아온 거라니까. 그것을 맞이하고 환영하는 일을 우리, 칠레 사람들이 맡은 거라고, 정말 억세게 운 좋은 민족이야라고 말했다. 그러고는 침이, 주변의 잿빛 톤과 대조되는 새하얀 침이 턱을 타고 흘러내려 셔츠 깃을 적신 후 큼지막하고 축축한 얼룩이 되어 가슴에 맺혔다.

비행기는 한쪽으로 날개를 기울이더니 다시 콘셉시온 시내로 돌아갔다. DIXITQUE DEUS······ FIAT LUX······ ET FACTA EST LUX(하느님이 가라사대······ 빛이 있으라 하시매······ 빛이 있었고), 나는 어렵사리 읽었다. 아니 어쩌면 그 말일 거라 추측하거나, 상상하거나, 꿈을 꿨는지도 모르겠다. 여자들 역시 울타리 건너편에서 심장을 짓누르는 정적을 지키며 양손으로 모자챙을 만들어 비행기의 움직임을 유심히 바라보았다. 한순간 나는 노르베르토가 나가려 했다면 아무도 막지 않았을 거라는 생각이 들었다. 그를 제외한 모든 사람들이, 수감자들과 경비원들 모두가 하늘을 향해 고개를 치켜들고 꼼짝도 하지 않았다. 그 순간

---

4 Adolf Galland(1912~1996). 독일의 최연소 공군 장성. 〈하늘의 신사〉라 불렸다.

5 Hanna Reitsch(1912~1979). 독일 여류 조종사. 헬리콥터와 로켓 비행기, 제트 전투기를 처음 몬 여자로 알려져 있다.

6 Hans-Joachim Marseille(1919~1942). 제2차 세계 대전 당시의 독일 전투 조종사. 메서슈미트 Bf 109를 몰았다.

7 칠레의 작은 도시로 폐광촌이다.

까지 나는 그렇게 많은 슬픔이 한꺼번에 모여 있는 것은 본 적이 없었다(혹은 〈그〉 순간에는 그렇다고 믿었다. 지금은 내 어린 시절의 몇몇 아침들이 1973년 그 잃어버린 해 질 녘보다 훨씬 서글퍼 보인다).

그리고 비행기는 다시 우리 위를 지나갔다. 바다 위로 커다란 원을 그리더니 높이 올라가 콘셉시온으로 돌아갔다. 조종사가 끝내주는데, 노르베르토가 말했다. 갈란트[4]나 루디 루들러도 더 잘하지는 못할 거야. 한나 라이히[5]나 안톤 보겔, 칼 하인츠 슈바르츠, 탈카의 브레멘의 늑대, 쿠리코의 슈투트가르트의 독수리도, 그리고 한스 마르세유[6]가 살아서 돌아온다고 해도 더 잘하지는 못할 거야. 그러고 나서 노르베르토는 나를 바라보며 윙크했다. 그는 얼굴이 벌겋게 상기되어 있었다.

콘셉시온의 하늘에는 다음과 같은 말들이 남아 있었다. ET VIDIT DEUS······ LUCEM QUOD······ ESSET BONA······ ET DIVISIT······ LUCEM A TENEBRIS(그 빛이······ 하느님의 보시기에 좋았더라······ 하느님이······ 빛과 어두움을······ 나누사). 동쪽 방향으로, 비오비오 강을 거슬러 올라가는 바늘 모양의 구름들 사이로 마지막 글자들이 사라졌다. 그러더니 어느 순간이 되자 비행기는 곧바로 수직으로 올라가 자취를 감추더니, 하늘에서 완전히 사라져 버렸다. 그 모든 게 환영이나 악몽 같았다. 뭐라고 쓴 거요, 동무, 로타[7] 출신의 한 광부가 묻는 소리가 들렸다. 라 페냐 임시 수용소에 있는 죄수들 절반(남자들과 여자들)

은 로타 출신이었다. 도통 모르겠는데, 사람들이 그에게 대답했다. 그런데 중요한 것 같아. 다른 목소리가 덧붙였다. 쓸데없는 짓거리야. 그런데 그 어조에서 두려움과 경이로움을 느낄 수 있었다. 체육관 문 앞을 지키던 군경 대원들의 숫자가 늘어나 이제는 여섯 명이 되었고, 그들은 자기들끼리 수군거렸다. 내 앞에서 노르베르토는 양손으로 울타리를 움켜쥔 채 땅바닥에 웅덩이라도 파려는 듯 계속 양다리를 허우적거렸다. 그가 중얼거렸다. 이건 블리츠크리그[8]의 부활이야, 아니면 내가 대책 없이 미쳐 가고 있던지. 진정해, 내가 말했다. 나는 더 이상 진정할 수가 없어. 내가 구름 위에 떠 있거든. 그가 말했다. 그러고 나서 그는 깊이 한숨을 내쉬더니, 사실상 진정한 것 같았다.

바로 그 순간, 누군가 꽤 큼지막한 벌레나 작은 과자 부스러기라도 밟은 듯 이상한 소리가 들리더니, 비행기가 다시 모습을 드러냈다. 다시 바다 쪽에서 오고 있었다. 나는 비행기를 가리키며 뻗어 올라가는 손들을, 비행기의 행로를 가리키며 치켜드는 지저분한 소매 깃들을 바라보았다. 목소리들도 들었는데, 아마도 단지

---

8 신속한 기동과 기습으로 일거에 적진을 돌파하는 기동 작전. 공군의 지원 하에 전차가 주축이 된 기계화 부대로 적의 제1선을 돌파하여 적을 양단(兩斷)시키고, 후속(後續)의 보병 부대로 하여금 각개 격파하도록 하는 전법이다.

9 로르샤흐 테스트는 1921년에 스위스의 정신과 의사인 로르샤흐가 개발한 성격 검사 방법이다. 좌우 대칭의 잉크 얼룩이 있는 열 장의 카드를 제시하며 그 얼룩이 무엇처럼 보이는지, 무슨 생각이 나는지 등을 자유롭게 말하도록 해 피험자의 성격을 테스트한다.

바람이었던 것 같다. 사실 아무도 감히 말을 하지 못했다. 노르베르토는 두 눈을 질끈 감았다가 잠시 후 다시 휘둥그레 크게 떴다. 하느님 맙소사, 그가 말했다. 하느님 아버지, 우리 형제들의 죄를 사해 주시옵고 우리의 죄를 용서해 주시옵소서. 단지 우리는 칠레 사람일 뿐입니다, 아버지, 그가 말했다. 무고한 사람들입니다, 무고한 사람들입니다. 그는 목소리를 떨지 않고 또박또박 크게 말했다. 물론 우리 모두 그 말을 들었다. 몇몇 사람들은 웃었다. 내 등 뒤로 빈정대는 소리와 비웃는 소리가 뒤섞여 수군거리는 소리가 들려왔다. 나는 뒤를 돌아 그런 말을 하는 사람들을 찾아보았다. 죄수들과 군경 대원들의 창백하고 초췌한 얼굴들이 룰렛 바퀴처럼 빙빙 돌고 있었다. 오히려 노르베르토의 얼굴은 룰렛 바퀴의 중심에 또렷하게 있었다. 땅속으로 꺼져 들어가는 선량한 얼굴이었다. 오랫동안 예고되어 두려워하던 메시아의 도래를 지켜보는 가련한 예언가처럼 발을 동동 구르는 모습이었다. 비행기는 요란한 굉음을 내며 우리 머리 위를 지나갔다. 노르베르토는 추워서 얼어 죽을 듯이 양 팔꿈치를 꼭 부둥켜안았다.

나는 조종사를 볼 수 있었다. 이번에는 그가 인사를 피했다. 그는 기체 안에 갇힌 석상과도 같았다. 하늘은 어두워지고 있었고, 밤은 곧 모든 것을 뒤덮을 기색이었고, 구름은 이미 분홍빛이 아니라 빨간 줄이 쳐진 검은빛이었다. 콘셉시온 위에 떠 있을 때 좌우로 대칭을 이룬 모습이 로르샤흐 얼룩[9]과도 같았다.

이번에는 단어 하나만을, 먼젓번보다 훨씬 크게 적었는데, 정확히 시내 한복판이었던 걸로 추정된다. 〈APRENDAN(배우시오).〉 그러고 나서 비행기는 멈칫하더니, 중심을 잃고, 추락해 건물 옥상 위에 곤두박질칠 것만 같았다. 조종사가 엔진을 끄고 자기가 말했거나 아니면 우리에게 알려 주려고 했던 내용의 첫 예를 들어 주려는 듯이. 하지만 그것은 한순간만, 어두움과 바람이 마지막 단어의 글자들을 지워 버린 순간만큼만 지속되었을 뿐이었다. 그러고 나서 비행기는 자취를 감췄다.

　몇 초 동안은 아무도 입도 뻥긋하지 못했다. 울타리 너머로 여자의 울음소리가 들려왔다. 아무 일도 없었다는 듯이 표정이 차분한 노르베르토는 꽤 나이가 어린 여자 죄수 두 명과 얘기를 나누고 있었다. 나는 그녀들이 그에게 충고를 구하고 있는 듯한 인상을 받았다. 하느님 맙소사, 미친 사람에게 충고를 구하다니. 내 뒤에서 알아들을 수 없는 말들이 들려왔다. 무슨 일인가 벌어졌지만 실상은 아무 일도 벌어지지 않았다. 교수 둘이 교회의 광고 캠페인에 대해 말하고 있었다. 무슨 교회요?, 내가 그들에게 물었다. 무슨 교회겠어, 그들은 말하고 내게서 등을 돌렸다. 내가 못마땅했던 것이다. 잠시 후 군경 대원들이 정신을 차리고 마지막 검열을 위해 우리를 마당에 늘어세웠다. 여자 쪽 마당에서는 다른 목소리들이 정렬을 명령했다. 네 마음에 들었니?, 노르베르토가 나에게 물었다. 나는 어깨를 으쓱했다. 다만 절대 잊지 못할 거라는 것만은 알겠어, 내가 말했다. 메서슈미트인거 알았어? 네가 그렇게 말한다면 그렇겠지, 내가 말했다. 그건 메서슈미트였어, 노르베르토가 말했다. 나는 그 비행기가 다른 세상에서 온 거라고 믿어. 나는 그의 등을 두드리며 틀림없이 그럴 거라고 말했다. 행렬이 움직이기 시작했고 우리는 체육관으로 돌아갔다. 그리고 라틴어로 썼어, 노르베르토가 말했다. 그래, 하지만 나는 아무 말도 이해하지 못했어, 내가 말했다. 나는 했어, 노르베르토가 말했다. 내가 괜히 몇 년 동안 인쇄공을 한 게 아니거든. 태초에 대해, 의지와 빛, 어둠에 대해 말했어. 룩스Lux는 빛이고 테네브라이Tenebrae는 어둠이야. 피아트Fiat는 있으라. 빛이 있으라. 알겠어? 나는 피아트 하면 이탈리아 자동차가 떠오르는데, 내가 말했다. 동무, 그게 그런 게 아니야. 그리고 마지막에는 우리 모두에게 행운도 빌었어. 그렇게 보였어?, 내가 물었다. 응. 모두에게, 한 명의 예외도 없이. 시인이네, 내가 말했다. 배운 사람이지, 아무렴, 노르베르토가 말했다.

3

콘셉시온의 하늘 위에서 벌어진 첫 번째 시 퍼포먼스로 카를로스 비더는 호기심이 강한 몇몇 칠레 영혼들에게 즉시 존경받게 되었다.

얼마 지나지 않아 그는 비행 글쓰기 퍼포먼스를 선보여 달라는 요청에 불려 다녔다. 처음에는 쑥스러워하는 듯 보였지만, 예술 작품을 이해는 하지 못하더라도 보면 알아볼 줄 아는 신사와 군인들의 솔직함 덕에 비더의 모습은 곧 행사장이나 기념식에서 자주 눈에 띄게 되었다. 그는 라스 텡카스 비행장 위에서, 어두움이 사방으로 깔리기 바로 직전에, 각기 가족을 거느리고 — 혼기 찬 딸들은 비더 때문에 애를 끓였고, 이미

1, 2 문자주의 *Lettrism*는 미래파나 다다주의, 초현실주의, 구체시 등 20세기 예술 운동의 핵심적 실천이었던 〈텍스트 실험〉을 텍스트와 매체의 관계에 대한 성찰로 해석하는 운동이다. 1945년 프랑스에서 시인이자 화가, 영화인이었던 이시도르 이주 Isidore Isou(1925~2007)가 주창한 예술 활동으로 새로운 글쓰기와 읽기 방식, 문학과 타 장르간 상호 작용의 모델을 제시했다.

3 칠레식 샐러드의 이름으로 〈잡탕〉을 의미하는 단어. 여기서는 내용상 비더의 시가 니카노르 파라의 이 시처럼, 그리고 일종의 잡탕과도 같이 뒤죽박죽이라는 의미로 여겨진다.

결혼한 딸들은 애달파하며 애를 끓였다 — 동석한 고위 장교들과 사업가들로 이뤄진 관중을 위해 별 한 개를, 완벽한 지평선 위로 외롭게 반짝이는 칠레 국기의 별을 그렸다. 며칠 후 그는 바자회 분위기로 북적이는 엘 콘도르 군사 비행장의 차양들 사이를 오가는 각계각층의 민주적인 관중들 앞에서 시 한 편을 선보였다. 호기심 강하고 책을 많이 읽은 한 관객은 그 시를 〈문자주의〉[1]라고 평했다. (좀 더 정확히 말하자면, 이시도르 이주[2]라면 절대 인정하지 않았을 도입 부분과 니카노르 파라의 「Saranguaco」[3]처럼 도무지 알 수 없는 결말로 이뤄졌다.) 그는 여러 구절 중 한 시행에서 가르멘디아 자매를 은연중에 암시했다. 그녀들을 〈쌍둥이 자매〉라 불렀고 허리케인과 입술에 대해 말했다. 그러고는 곧바로 상반된 표현을 썼지만, 그 시행을 주의 깊게 읽은 사람이라면 그녀들이 죽은 사람이라는 걸 알 수 있었다.

다른 시에서는 파트리시아라는 여자와 카르멘이라는 여자에 대해 말했다. 아마도 두 번째 여자는 12월 초에 실종된 여류 시인 카르멘 비야그란일 수도 있었다. 그녀의 어머니가 성당 수사 위원회에 진술한 바에 따르면, 카르멘이 친구와 약속이 있다고 나간 후 다시는 돌아오지 않았다고 했다. 어머니는 그 친구가 누군지까지만 간신히 물어보았다. 카르멘은 문 앞에 이르러 시인이라고 대답했다. 몇 년 후 비비아노 오리안은 파트리시아의 정체를 알아냈다. 그에 의하면, 파트리시아 멘데스는 열일곱 살로 청년 공산당이 후원하는 시 창작 교실에 다녔으며, 카르멘 비야그란과 비슷한 시기에 실종됐다. 두 사람의 차이점은 꽤 컸다. 카르멘은 프랑스어로 미셸 레리스[4]를 읽고 중산층에 속했던 반면, 파트리시아 멘데스는 나이가 훨씬 어릴 뿐만 아니라 파블로 네루다를 열렬히 좋아하는 프롤레타리아 출신이었다. 그녀는 카르멘처럼 대학에 다니지는 않았지만 장차 교육학을 전공하고 싶어 했다. 그 날을 기다리면서, 전자 제품을 취급하는 가게에서 일했다. 비비아노는 그녀의 어머니를 찾아갔고, 낡은 습작 노트에서 파트리시아의 시 몇 편을 읽을 수 있었다. 비비아노에 의하면 최악의 네루다를 모방한 형편없는 시들로, 「스무 편의 사랑의 시」와 「닉슨 암살 선동」 중간에 위치하는 잡동사니 같은 글이지만, 행간을 읽다 보면 뭔가 보였다. 신선함과 놀라움, 삶에 대한 욕구. 비비아노는 그의 편지 말미에 이렇게 썼다. 어찌 됐든 글을 못쓴다고 해서 그것 때문에 죽는 사람은 아무도 없어. 그리고 그녀는 아직 채 스물도 되지 않았고.

엘 콘도르의 비행 퍼포먼스에서 비더는 이렇게 썼다. 〈불의 견습생들〉. 비행장의 귀빈석에서 그를 지켜보고 있던 장군들은, 당연하게, 그의 애인들이나 여자 친구들, 어쩌면 탈카우아노 창녀들의 별칭일 거라고 생각했다. 하지만 그와 절친한 몇몇 사람들은 비더가

---

[4] Michel Leiris(1901~1990). 초현실주의와 사실주의의 영향을 받은 프랑스 시인, 비평가, 토속학자.

죽은 여자들을 거명하고 있다는 것을, 주문을 걸어 불러내고 있다는 것을 알았다. 그러나 후자의 경우 시에 대해서는 문외한이었다. 혹은 그렇다고 믿었다. (물론 비더는 그들에게 정반대로 말했다. 수많은 사람들과 시인들, 교수들보다, 예를 들면 오아시스에 사는 사람들이나 사막에 사는 티 없이 맑은 가난한 사람들보다 그들이 시를 더 잘 아노라고. 하지만 그의 패거리들은 그 말을 이해하지 못했거나, 아니면 잘해야 자기네를 비웃기 위해 중위가 그런 말을 한 거라 여겼다.) 그들에게는 비더가 비행기로 벌이는 그 일이 단지 〈위험한 곡예〉에 불과했다. 모든 의미에서 위험하지만 시에서는 그렇지 않은.

그즈음 비더는 다른 비행 퍼포먼스 두 곳에 참석했다. 한 번은 산티아고에서였는데, 그곳에서 그는 성경 구절과 칠레의 르네상스에 대한 새로운 시들을 썼다. 다른 한 번은 로스앙헬레스(비오비오 주)에서였다. 그곳에서 그는 다른 조종사 두 명과 하늘과 별을 공유했다. 그들은 비더와 달리 민간인이었으며, 그보다 나이가 훨씬 많을 뿐만 아니라 〈비행 광고 기획자〉로서 오랜 경력을 가지고 있었다. 그래서 그는 그들과 합작으로 하늘에 큼지막한(순간적으로 흔들린) 칠레 국기를 그려 넣었다.

사람들은 (몇몇 신문과 라디오에서) 그가 큰 위업을 이뤄 낼 사람이라고 말했다. 그를 거부할 수 있는 건 아무것도 없었다. 그의 비행 학교 교관은 그가 별다른 어려움 없이 전투기와 폭격기를 본능적으로 조종할 줄 아는 능숙하고 타고난 조종사라고 말했다. 한 친구는 비더가 사춘기 시절 자기네 농장에서 방학을 보낸 적이 있었는데, 자기 부모님이 놀라워하며 화를 내는데도 허락도 없이 고철 덩어리인 낡은 경비행기를 조종했다가, 나중에 웅덩이들이 잔뜩 패인 근처의 비좁은 도로에 착륙시켰다고 말했다. 그해 여름, 어쩌면 1968년 여름(그의 인생 말년 가운데 결정적으로 중요한 문학 운동인 〈야만적인 글쓰기〉가 파리의 초라한 수위실에서 출범할 때보다 몇 달 앞선 남미의 여름이었다)에, 비더는 부모와 떨어져 용감하고도 수줍음 많은(그의 학교 친구에 따르면) 사춘기를 보냈다. 그 어떤 기괴한 일도, 그 어떤 엄청난 일도 기대할 수 있는 사춘기 시절이었지만 그와 동시에 주변 사람들에게 사랑받는 사춘기이기도 했다. 나의 어머니와 할머니는 그를 끔찍이 좋아했어요(그의 학창 시절 친구가 항상 말하는 바다). 그녀들에 따르면 비더는 늘 폭우에서 막 벗어난

---

5 Hernán Díaz Arrieta(1891~1984). 필명 알로네, 본명 에르난 디아스 아리에타. 영향력 있는 칠레 문학 비평가.
6 이바카체는 볼라뇨의 2000년작 『칠레의 밤』의 주인공, 우루티아 라크루아 신부의 필명이기도 하다.
7 Vicente Huidobro(1893~1948). 창조주의를 주창한 칠레 시인으로 파블로 네루다와 파블로 데 로카, 가브리엘 미스트랄과 함께 칠레 4대 시인으로 꼽힌다.
8 Gabriel Mistral(1889~1957). 1945년 노벨 문학상을 수상한 칠레 여류 시인이자 외교관, 교육가.
9 Pablo de Rokha(1894~1968). 1965년 칠레 국가 문학상을 수상한 칠레 시인으로 칠레 4대 시인 중의 한 명이다.

것처럼 보였죠. 비를 맞아 뼛속까지 젖어 무기력해 보이면서도 매력이 넘쳐 보였어요.

물론 그의 사회성을 보면 미심쩍은 부분들도 없잖아 있었다. 질 나쁜 친구들 말이다. 비더가 늘 한밤중에 술을 마시러 다니거나 악명 높은 곳에 틀어박혀 지낼 때면 어울리는 신원이 불확실한 사람들, 경찰 끄나풀들, 아니면 건달들이 있었다. 그러나 잘 살펴보면 그뿐이었다. 그의 성격이나 매너, 특히 습관에는 아무 영향도 미치지 않는, 거의 티도 나지 않는 미심쩍은 부분들이었다. 몇몇 사람들은 이를 두고 지식과 절대성을 추구하는 그의 문학 경력을 위해 심지어 꼭 필요한 것들이라고 추측해 내기도 했다.

그 경력은 비행 퍼포먼스를 하던 그즈음, 칠레에서 가장 영향력 있는 문학 비평가들 중 한 명의 지지를 얻었다(문학 비평은 문학적으로 얘기하자면 거의 아무것도 시사하는 바가 없지만, 알로네[5] 때부터는 칠레에서 큰 의미가 있었다). 네루다와 개인적으로 친분이 있으면서도 매일 미사를 드리는 가톨릭 신자이자 고고학자인 니카시오 이바카체[6]라는 사람이었다. 그전에는 우이도브로[7]의 친구였고, 가브리엘 미스트랄[8]의 특파원이었으며, 파블로 데 로카[9]가 즐겨 비난하는 대상이었고, (그에 따르면) 니카노르 파라를 발굴해 낸 장본인이었다. 간단히 말하면, 그는 영어와 불어를 아는 사람으로 1970년대 말 심장마비로 사망했다. 「엘 메르쿠리오」 잡지의 주간 논평에서 이바카체는 비더의 특이한 시를 해석했다. 그 문제의 글에서 그는 우리(우리, 칠레 독자들)가 새 시대의 위대한 시인을 눈앞에 두고 있다고 했다. 그리고 나서 그는 평소와 다름없이 비더에게 공개적으로 충고 몇 가지를 하고 은밀한 논평을 달았으며, 간혹 다른 성경 판본들에 대한 두서없는 얘기를 늘어놓으며 자신의 의견을 피력했다 ─ 그래서 우리는 비더가 콘셉시온과 라 페냐 임시 수용소의 하늘 위로 처음 나타났을 때 〈가톨릭 성직자와 율법학자들의 감각에 따라〉 돈 펠리페 스키오 데 산 미겔이 스페인어로 번역해 1852년 마드리드의 가스파르 이 로이그 출판사에서 몇 권으로 출간한 불가타 성서[10]를 사용했다는 걸 알았다. 그리고 한밤중에 길게 전화 통화를 하면서 비더가 직접 그에게 솔직하게 털어놓았다는 것도 이바카체를 통해 알게 되었다. 그때 이바카체는 비더에게 왜 명망 높은 스키오 신부의 번역을 사용하지 않았는지 물었는데, 비더의 대답은 하늘에서는 라틴어가 훨씬 잘 새겨지기 때문이라는 거였다. 실제로 비더는 〈들어맞다〉라는 단어를 사용했을 확률이 높았다. 하늘에서는 라틴어가 훨씬 잘 들어맞죠. 그렇다고 해서 그가 뒤이은 비행 가운데 스페인어를 사용하지 않은 것은 아니다 ─ 그는 보르헤스가 언급한 여러 성

---

10 Vulgata. 5세기 초 라틴어로 번역된 성경.
11 〈모든 문학은 성경에서 유래되었다〉라는 카발라 사상을 가지고 있는 보르헤스에게 성경은 다른 모든 책들의 열쇠이기도 하다.
12 Octavio Paz(1914~1998). 멕시코의 시인, 작가, 비평가, 외교관. 1990년 노벨 문학상을 수상했다.

경들[11]과 심지어 라이문도 펠리그리가 스페인어로 번역해 1875년 발파라이소에서 출간한 예루살렘의 성경도 적지 않게 언급했다. 이바카체에 의하면 몇 년 후 칠레가 페루와 볼리비아의 연합군과 맞서 싸우게 될 태평양 전쟁을 예언하고 앞당긴 몹쓸 판본이었다. 충고들에 대해 말하자면, 이바카체는 〈젊은 시인〉에게 〈지나치게 이른 영광〉의 위험을 경계하라고, 그리고 〈회화나 연극, 그러니까 전시회나 공연이 시와 잘 구분되지 않는〉 아방가르드 문학의 단점을 경계하고, 지속적인 지원, 즉 든든한 은행 계좌에 안주하지 말아야 한다고 주의를 주었다. 이바카체는 비더에게 독서를 멈추지 말라고 충고했다. 책을 읽으시오, 젊은이. 그는 그렇게 말하는 것 같았다. 영국 시인들과 프랑스 시인들, 칠레 시인들, 그리고 옥타비오 파스[12]를 읽으시오.

이바카체의 호평은, 이 너그러운 비평가가 비더에 대해 유일하게 쓴 호평은 사진 두 장과 함께 실려 있었다. 첫 번째 사진은 비행기였다. 아마도 경비행기 같았다. 의심의 여지없이 군사용이라 할 수 있는 활주로 한복판에 조종사 한 명이 보였다. 상당히 멀리서 찍은 사진이라 비더의 윤곽은 흐릿하게 나왔다. 그는 목에 털이 달린 가죽점퍼와 청바지를 입고 칠레 공군의 제식 모자를 쓰고 있었으며, 청바지와 어울리는 색깔의 부츠를 신고 있었다. 사진 제목은 〈로스물레로스 비행장의 카를로스 비더 중위〉라고 적혀 있었다. 두 번째 사진에는 안데스의 하늘 위로 시인이 칠레 국기를 멋지게 그린 후 적어 놓은 시행들의 일부가 실려 있었다. 또렷이 보였다기보다는 보겠다는 의지가 더 많이 작용했다.

나는 그 얼마 전에 라 페냐 임시 수용소에서 출감했으며, 그곳을 거쳐 간 우리 대부분이 그랬듯이 무죄 방면되었다. 처음 며칠 동안은 집에서 꼼짝도 하지 않았다. 어머니와 아버지가 놀라 걱정하고, 두 동생들이 당연히 겁쟁이라며 놀릴 정도로. 일주일 후에 비비아노 오리안이 찾아왔다. 내 방에 우리 둘만 남게 되자 그가 말했다. 두 가지 소식이, 좋은 소식과 나쁜 소식이 있어. 좋은 소식은 우리가 대학에서 퇴출당했다는 거야. 나쁜 소식은 우리 친구들 거의 대부분이 실종되었다는 거고. 나는 그들이 체포되었거나 아니면 가르멘디아 자매처럼 시골집으로 줄행랑을 쳤을지도 모른다고 말했다. 아니, 비비아노가 말했다. 쌍둥이 자매도 실종되었어. 그가 〈쌍둥이 자매〉라고 말할 때 목소리가 갈라졌다. 그리고 그 뒤를 이은 장면은 설명하기 어렵다(물론 이 이야기에서는 모든 게 설명하기 어렵다). 비비아노가 침대 발치에 앉아 있던 내 품에 (말 그대로) 와락 안기더니, 내 가슴에 기대어 구슬프게 울기 시작했다. 처음에는 그가 뭔가 발작을 일으킨 거라 생각했다. 그러고는 곧이어, 한 치의 의심도 없이, 이제 우리는 가르멘디아 자매를 다시는 보지 못할 거라는 걸 알았다. 잠시 후 비비아노가 일어나 창가로 가서 곧 자신을 추슬렀다. 모두 추측일 뿐이야, 그가 내게 등을 돌린 채 말했다. 그래, 나는 무슨 말을 하는지도 모르는 채 말했다. 세 번째 소식이 있어, 비비아노가 말했다. 그것도 만만치 않아. 좋은 소식이야? 나쁜 소식이야?, 내가 물었다. 등골이 오싹한 소식이야, 비비아노가 말했다. 얼른 말해 봐, 내가 말했다. 하지만 바로 덧붙였다. 아니, 기다려, 나 숨 좀 돌리고. 마치 나의 방을, 나의 집을, 나의 부모님 집을 마지막으로 한 번 돌아보게 해달라는 듯.

그날 밤 나는 비비아노와 함께 뚱보 포사다스를 만나러 갔다. 첫눈에 그녀는 평소와 똑같아 보였다. 심지어 훨씬 나아 보이고 활기차 보였다. 그녀는 지나칠 정도로 활기에 차서 사방을 오가며 잠시도 가만히 있지 않았고, 한참 있다 보면 같이 있는 사람을 불안하게 만들었다. 그녀는 학교에서 쫓겨나지 않았다. 삶은 계속되었다. 무슨 일이라도 하며(30분 만에 꽃병이 놓인 위치를 다섯 번이나 바꾼다든지, 미치지 않으려면 뭐라도 해야 했다) 각 상황의 긍정적인 면을 발견해야 했다. 즉, 그때까지 습관처럼 해왔듯 모든 상황을 한꺼번에 바라보는 것이 아니라 하나씩 차례차례 직면해야 했다. 그리고 성숙해져야 했다. 하지만 곧 우리는 뚱보가 두려워서 그렇다는 걸 알게 되었다. 그녀는 살면서 그 어느 때보다도 두려움에 떨고 있었다. 나는 알베르토를 만났어, 그녀가 나에게 말했다. 비비아노가 고개를 끄덕였다. 그는 이미 그 이야기를 알고 있었고, 나는 그가 그 이야기의 진실성을 몇 군데 의심하고 있다는 인상을 받았다. 그가 나에게 전화를 했어, 뚱보가 계속했다. 자기를 만나러 자기 집에 오기를 바랐어. 나는 그녀에게 그는 절대 자기 집에 있지 않는다고 말했다. 그녀는 나에게 그걸 어떻게 아느냐고 물으며 웃었다. 그의 목소리에서 뭔가 숨기고 있다는 느낌을 받았지만 알베르토는 항상 비밀이 많았고 그래서 별로 대수롭지 않게 생각했어. 나는 그를 만나러 갔어. 우리는 한 시간 후 만나기로 했고, 나는 정각에 그곳에 도착했어. 집은 텅 비어 있었어. 루이스 타글레는 없었니? 있었어, 뚱보가 말했다. 하지만 집은 텅 비어 있었고, 가구는 이미 하나도 없었어. 너 이사 가니, 알베르토?, 내가 그에게 물었지. 응, 뚱보야, 표나니? 나는 꽤 초조했지만 내 자신을 추스르고, 요즘은 모두 이사를 한다고 말했어. 그는 나에게 모두가 누구냐고 물었어. 디에고 소토. 그는 콘셉시온을 떠났지. 그리고 카르멘 비야그란도. 그리고 나는 너도(그러니까, 나) 언급했어. 그 당시에는 네가 어디에 있는지 몰랐거든. 그리고 가르멘디아 자매도 얘기했고. 나는 언급하지 않았잖아, 비비아노가 말했다. 넌 나에 대해서는 아무 말도 하지 않았어. 그래, 너에 대해서는 아무 말도 하지 않았어. 그래서 알베르토는 뭐라고 그러디? 뚱보가 나를 바라보았고, 그제야 나는 그녀가 똑똑할 뿐만 아니라 강하며, 많이 고생했다는 사실을 깨달았다(하지만 정치적인 문제 때문은 아니었다. 뚱보는 80킬로그램이 넘게 나갔기 때문에, 그리고 무대로 나가는 출구도 없이 고립되어 꽉 막혀 있는 무대 관람석에서 쇼를, 섹스와 피의 쇼를, 또한 사랑의 쇼를 바라보았기 때문에 고생한 거였다). 그가 쥐새끼들은 늘 도망다닌다고 말했어. 나는 방금 들은 말을 믿을 수가 없어, 너 뭐라고 말한 거야?, 라고 물었지. 그러자 알베르토가 뒤돌아 얼굴에 환한 미소를 띠며 나를 바라보았어. 다 끝이야, 뚱보, 그가 말했어. 그제야 나는 겁이 나서 그에게 이제 수수께끼 같은 말은 그만하고 재미있는 얘기나 해달라고 했어. 헛소리 집어치워, 씨팔년, 그리고 내가 너한테 물을 때나 대답해. 살면서 그렇게 치욕스러웠던 순간은 없었어, 뚱보가 말했다. 알베르토는 뱀 같았어. 아니, 이집트 파라오 같았어. 그는 미소를 머금은 채 계속 나를 주시하고 있었어. 그런데도 한순간 그가 텅 비어 있는 아파트를 돌아다니고 있는 듯한 인상을 받았어. 하지만 그가 가만히 있는데 어떻게 움직일 수 있겠니? 가르멘디아 자매는 죽었어, 그가 말했어. 비야그란도 마찬가지고. 믿을 수 없어, 내가 말했어. 걔네가 왜 죽었다는 거야? 허풍쟁이, 나를 겁주려는 거지? 여류 시인들은 모두 죽었어, 그가 말했지. 그건 사실이야, 뚱보, 그리고 내 말을 믿는 게 좋을 거야. 우리는 바닥에 앉아 있었어. 나는 한쪽 구석에 있었고, 그는 거실 가운데 있었어. 맹세코 나는 그에게 얻어맞는 줄 알았어. 그가 느닷없이 나를 덮쳐서 손바닥으로 막 두들겨 팰 것 같았거든. 한순간 난 그 자리에서 오줌을 지릴 뻔했어. 알베르토는 내게서 눈길을 떼지 않았어. 나는 그에게 나를 어떻게 할 거냐고 묻고 싶었지만 목소리가 나오지 않았지. 소설일랑 집어치워, 나는 속삭이듯 말했어. 알베르토는 내 말을 듣지 않았어. 그는 다른 누군가를 기다리는 것 같았어. 우리는 한참 동안 아무 말도 하지 않았어. 그런데 나도 모르는 사이에 눈이 스르르 감기더라고. 다시 눈을 떴을 때는 알베르토가 나를 바라보며 부엌문에 기댄 채 서 있었어. 뚱보, 너 잠이 들었더라. 코 골았니?, 내가 그에게 물었어. 응, 그가 말했어, 너 코 골더라. 그제야 나는 알베르토가 감기에 걸렸다는 사실을 알았어. 그가 손에 큼지막한 노란 손수건을 들고 있었고, 그걸로 코를 두 번이나 풀었거든. 독감에 걸렸구나. 나는 말하며 그에게 미소를 지었어. 뚱보, 하여간 너는 못됐어, 그가 말했어. 그냥 감기에 걸렸을 뿐이야. 자리를 뜨기에는 적당한 순간이었어. 그래서 나는 일어나 이미 그를 너무 귀찮게 했다고 말했어. 나에게 너는 절대 귀찮은 존재가 아니야, 그가 말했어. 뚱보, 너는 나를 이해하는 몇 명 되지 않는 사람들 중의 한 명이야. 그리고 그건 고마운 일이야. 하지만 오늘은 차도 없고, 와인도 없고, 위스키도 없고, 아무것도 없네. 너도 알다시피 이사 중이라. 그래, 내가 말했어. 나는 손을 들어 작별 인사를 했지, 야외가 아닌 실내에 있을 때는 웬만해서는 하지 않는 행동이지. 그러고는 나는 밖으로 나왔어.

  그럼 가르멘디아 자매에게 무슨 일이 있었던 거니?, 내가 물었다. 나도 몰라, 뚱보가 자신의 환상에서 돌아

13 Manuel Silva Acevedo(1942~). 칠레의 시인.

오며 말했다. 내가 그걸 어떻게 알겠어? 왜 그가 너한테는 아무 짓도 하지 않았을까?, 비비아노가 말했다. 왜냐면 우리는 진짜 친구 사이거든, 내 생각에. 뚱보가 말했다.

우리는 한참을 계속해서 얘기했다. 비비아노가 우리에게 얘기한 바에 의하면 비더*Wieder*는 〈다시〉, 〈또 한 번〉, 〈새로〉, 〈두 번째〉, 〈돌아온〉이라는 의미이고, 간혹 어떤 상황에서는 〈매번〉이라는 의미이고, 미래를 겨냥한 문장에서는 〈다음번〉이라는 의미였다. 예전에 콘셉시온 대학의 독일어과에 다니던 그의 친구 안셀모 산후안이 그에게 얘기해 준 바에 의하면, 17세기 이후부터야 비로소 의미를 정확하게 구분하기 위해 부사 *Wieder*와 대격 전치사 *Wider*의 철자를 달리했다고 했다. 옛 독일어로 *Widar* 또는 *Widari*인 *Wider*는 〈~과 맞서〉, 〈~앞에〉를 의미하고, 가끔 〈~를 향해〉를 의미하기도 한다. 그리고 그는 예들을 마구 쏟아 냈다. *Widerchrist*, 〈안티 그리스도〉, *Widerhaken*, 〈갈고리〉, 〈쇠스랑〉, *Widerraten*, 〈설득〉, *Widerlegung*, 〈변명〉, 〈반론〉, *Widerlage*, 〈호안벽(護岸壁)〉, *Widerklage*, 〈맞고소〉, 〈맞신고하다〉, *Widernatürlichkeit*, 〈괴기함〉, 〈도착(倒錯)〉. 이 모든 단어들이 그에게는 매우 의미심장한 듯했다. 이제 본론으로 들어가서는 심지어 *Weide*가 〈수양버들〉을 의미하고, *Weïden*은 〈풀을 먹이다〉, 〈기르다〉, 〈초식 동물을 돌보다〉를 의미하며, 「늑대들과 양들」이라는 실바 아세베도[13]의 시와, 몇몇 사람들이 거기서 찾고자 하는 예언적인 성격을 생각하게 한다고 했다. 심지어 *Weiden*은 또한 우리의 성욕 그리고 (혹은) 사디스트적 경향을 자극하는 물체를 보며 병적으로 좋아하는 것을 의미했다. 그때 비비아노는 우리를 바라보며 두 눈을 크게 떴고, 우리도 그를 바라보았다. 그렇게 우리 세 사람은 심사숙고하거나 기도라도 하는 듯 두 손을 모으고 가만히 있었다. 그러고 나서 그는 시간이 지진처럼 우리 곁을 지나가기라도 한 듯 기진맥진하고 겁에 질려 다시 비더 *Wieder*로 돌아가, 조종사 *Wieder*의 조부가 *Weider*일 수 있으며 세기 초 이민국에서 오타로 *Weider*가 *Wieder*로 바뀌었을 가능성을 지적했다. 순치음 W와 양치음 B가 쉽게 혼동되어 들릴 수 있다는 점을 감안한다 해도 〈정직한〉, 〈겸손한〉을 의미하는 *Bieder*는 아니었다. 그리고 또한 그는 명사형 *Widder*가 〈숫양〉, 〈양자리〉를 의미한다는 것을 떠올렸고, 여기서는 누구든 원하는 결론을 모두 얻을 수 있었다.

이틀 후 뚱보가 비비아노에게 전화를 걸어 알베르토 루이스 타글레가 카를로스 비더라고 말했다. 그녀는 「엘 메르쿠리오」의 사진을 보고 그를 알아보았다. 몇 주나 몇 달 후 비비아노가 나에게 얘기했듯이 사진이

---

14 François-René, vicomte de Chateaubriand(1768~1848). 프랑스 외교관이자 정치가, 작가. 프랑스 낭만주의 문학의 창시자이다.

15 로베르토 볼라뇨의 전작(前作) 중 하나로, 『먼 별』은 이 작품의 마지막 장을 확장한 이야기이다. 여기서는 화자의 친구인 비비아노 역시 작가의 얼터 에고임을 드러낸다.

흐릿하고 별로 신뢰할 만한 것이 아니라서 그다지 신빙성은 없는 얘기였다. 뚱보는 대체 무슨 근거로 그라고 한 것일까? 내가 보기에는 제7의 감각으로, 비비아노가 말했다. 〈포즈〉를 보고 루이스 타글레라고 믿은 거야. 어찌 됐든 그 당시 루이스 타글레는 영원히 자취를 감췄고, 오직 비더만이 우리의 비참한 나날에 의미를 부여했다.

그즈음 비비아노는 구두 가게 종업원으로 일하기 시작했다. 구두 가게는 좋지도 나쁘지도 않았으며 시내 근처 동네에 있었다. 하나둘씩 문을 닫아 가는 헌책방들과 웨이터들이 길거리 한복판에서 귀가 솔깃할 만큼 허무맹랑한 제안을 하며 손님들을 잡아끄는 싸구려 레스토랑들, 조명이 어둡고 비좁은 데다가 길쭉한 옷 가게들이 있는 곳에 위치했다. 물론 우리는 시 창작 교실이라고는 문턱도 밟아 보지 못했다. 가끔 비비아노는 나에게 자신의 계획을 설명했다. 그는 아일랜드 평원을 누비는 이야기를 영어로 쓰고 싶어 했고, 적어도 원어로 스탕달을 읽을 수 있도록 불어를 배우고 싶어 했고, 스탕달 〈안〉에 갇혀 몇 년이 흘러가는 꿈을 꾸었다 (물론 그는 곧바로 자기 말을 부인하며, 19세기의 옥타비오 파스인 샤토브리앙[14]과는 가능하지만 스탕달과는 아니라고, 스탕달과는 절대 아니라고 말했다), 마지막으로 그는 책 한 권을, 아메리카의 나치 문학 선집[15]을 쓰고 싶어 했다. 구두 가게에서 퇴근하는 그를 만나러 갔을 때 그가 말했다. 위대한 책, 캐나다(퀘벡 사람들만 해도 이야깃거리 삼을 게 많다)에서부터 칠레까지 틀림없이 모든 취향에 맞는 경향을 찾을 수 있는, 우리 대륙에서 발견된 나치 문학의 모든 징후를 포괄할 수 있는 책 말이야. 그러는 동안에도 그는 카를로스 비더를 잊지 않고, 우표 수집가의 열정과 정성으로 그 또는 그의 작품과 연관된 자료들이라면 뭐든지 모아 두었다.

내 기억이 잘못된 게 아니라면 1974년이었다. 어느 날, 카를로스 비더가 여러 민간 기업들의 후원을 얻어 남극으로 비행한다는 기사가 언론에 실렸다. 비행은 힘들고 수없이 경유해야 했지만, 그는 자기가 착륙하는 모든 곳에서 하늘에 시를 적었다. 칠레 종족에게는 새로운 철기 시대를 의미하는 시들이었지. 그의 추종자들이 말했다. 비비아노는 그 비행을 꼼꼼히 체크했다. 사실 나는 그 공군 중위가 할 수 있었거나 하지 않았던 것에 대해서는 이미 관심이 없었다. 한번은 비비아노가 나에게 사진 한 장을 보여 주었다. 뚱보가 루이스 타글레라고 했던 사진보다 훨씬 잘 나온 사진이었다. 정말이지 비더와 루이스 타글레가 닮기는 했지만 그 당시 내 머릿속에 유일하게 자리 잡고 있었던 생각은 칠레를 떠나는 일이었다. 분명한 것은 사진이나 그가 하는 말들 가운데 이제는 그토록 신중하고, 그토록 사려 깊고, 매력적일 정도로 모호했던(심지어는 그토록 독학생 티가 났던) 예전 루이스 타글레의 모습은 전혀 남아 있지 않다는 거다. 비더는 확신과 과감함의 화신 그 자체였다. 그는 어떠한 대화 상대자도(아무래도 나는 그 시절 그의 대화 상대자들이 우리 공군 장교의 말을 절대 거스르지 못하는, 새로운 체제를 찬양하는 기자들이었다는 사실을 밝혀야겠다) 무장 해제시킬 정도로 위엄을 갖고 시에 대해(칠레 시나 라틴 아메리카 시가 아니라 시 자체에 대해) 말했다. 그리고 물론 그의 말들을 옮기다 보면 신조어와 어색함이 잔뜩 묻어나는 연설문임을 깨닫게 되기는 했지만, 물론 만만치 않은 우리 언어에서는 자연스러운 일인데, 또한 연설문의 힘, 빈틈없는 의지를 반영하는 연설문의 순수함과 결말 부분의 수려함 또한 느껴졌다.

마지막 비행(푼타 아레나스에서 아르투로 프라트 남극 기지까지)에 앞서 시내의 한 레스토랑에서 그를 위한 만찬이 열렸다. 듣자하니 비더가 평소보다 과음했고, 한 귀부인에게 예를 갖추지 못한 선원의 따귀를 때렸다. 이 여자에 대해서는 각종 소문이 떠돌았다. 그런데 주최자들이 그녀를 초대하지 않았고 참석자 누구도 그녀를 알지 못한다는 점에서는 죄다 일치했다. 그녀의 참석에 대한 유일한 설명이라면 그녀가 몰래 숨어들어 왔거나 아니면 비더와 동행했다는 거였다. 비더는 그녀를 〈나의 귀부인〉 또는 〈나의 젊은 아가씨〉라고 불렀다. 여자는 스물다섯 정도 들어 보였으며 키가 크고 머리카락이 새까맣고 몸매가 훌륭했다. 그를 위한 만찬 도중, 어쩌면 후식을 들 때 그녀가 비더에게 소리를 질렀다. 카를로스!, 내일 당신은 죽을 거야! 모든 사람들에게는 고약한 취향 같아 보였다. 그리고 그때 선원과의 그 사건이 벌어졌다. 잠시 후 연설이 있었고 그다음 날 아침, 서너 시간 정도 잠을 잔 후 비더는 남극을 향해 비행했다. 비행 중 사건, 사고가 끊이지 않았으며 낯선 여인의 예언이 이뤄질 뻔한 것도 한 번 이상은 되었다. 물론 초대받은 손님 그 누구도 그 여자를 다시 보지 못했다. 푼타 아레나스로 돌아왔을 때 비더는 가장 큰 위험은 침묵이었다고 공포했다. 놀란 척하거나 아니면 실제로 놀란 표정을 짓는 기자들 앞에서 그는 비행기 바닥을 향해 혀를 날름거리는 혼 곶의 파도들이 침묵 그 자체였다고 말했다. 멜빌의 거대한 고래들 같았고, 또는 비행 내내 자기를 만지려는 잘려 나간 손들과도 같았지만, 그 위도에서는 소리가 인간들만의 전유물이라도 되는 듯 파도는 재갈이 물린 채 침묵만을 지켰다고. 침묵은 문둥병과도 같습니다. 비더가 공포했다. 침묵은 공산주의와도 같습니다. 침묵은 채워 넣어야 할 하얀 스크린과도 같습니다. 당신이 스크린을 채워 넣는다면 이제 당신에게는 어떤 나쁜 일도 일어나지 않을 것입니다. 당신이 순수하다면 이제 당신에게는 어떤 나쁜 일도 일어나지 않을 것입니다. 당신에게 두려움이 없다면 이제 당신에게는 어떤 나쁜 일도 일어나지 않을 것입니다. 비비아노에 의하면 그것은 천사에 대한 묘사였다. 인간의 탈을 쓴 잔혹한 천사?, 내가 물었다. 비비아노가 대답했다. 아니, 멍청한, 우리 불행의 천사.

아르투로 프라트 기지의 청명한 하늘 위로 비더는 〈남극은 칠레다〉라고 썼으며, 그 장면은 촬영되었고 사진도 찍혔다. 그는 다른 시들도 적었다. 흰색과 검정색 위로, 얼음 위로, 숨어 있는 것 위로, 조국의 미소 위로, 솔직하고 순수하고 청초하게 그려진 미소 위로, 정말로 우리를 바라보는 〈눈(目)과 비슷한〉 미소 위로 시를 적었다. 그러고는 그는 콘셉시온으로, 그리고 훨씬 후에는 산티아고로 돌아왔다. 산티아고에서 그는 텔레비전에 출연했다(나는 할 수 없이 그 프로그램을 시청했다. 비비아노는 자기가 사는 하숙집에 텔레비전이 없어 우리 집으로 보러 왔다). 그래 맞았다, 카를로스 비더가 루이스 타글레였다(대체 루이스 타글레는 왜 갖다 붙인 거야, 비비아노가 말했다. 멋진 성이나 찾아보지). 하지만 그는 루이스 타글레가 아닌 것 같았다. 나에게는 그렇게 보였다. 우리 부모님의 텔레비전은 흑백이었다(우리 부모님은 비비아노가 그곳에서 같이 텔레비전을 보고 함께 저녁 식사를 하는 것을 행복해했다. 그들은 마치 내가 그곳을 떠나리라는 것을, 그리고 이제 다시는 그와 같은 친구를 곁에 두지 못하리라는 것을 예감하는 것 같았다). 그리고 카를로스 비더의 창백함(사진발을 잘 받는 창백함)은 루이스 타글레였던 사람의 그림자일 뿐만 아니라, 다른 수많은 그림자들, 다른 얼굴들, 또한 칠레에서 남극까지, 그리고 남극에서 칠레까지 비행한 다른 조종사 혼령들의 그림자였다. 정신 나간 노르베르토는 그 비행기들이 제2차 세계 대전에서 소편대를 이뤄 도망친 메서슈미트들, 메서슈미트 전투기라고 짙은 어두움 속에서 말했다. 하지만 비더는, 우리가 알고 있듯이, 소편대를 이뤄 비행하지 않았다. 비더는 소형 비행기로, 홀로 비행했다.

1 Ernesto Cardenal(1925~). 니카라과의 가톨릭 사제, 시인. 해방신학의 시인으로 알려져 있다.
2 칠레 시인 호르헤 테일리에르가 창시한 시 경향. 잃어버린 낙원이나 과거로의 회귀를 그린다.
3 Rosamel del Valle(1900~1965). 칠레의 아방가르드 시인.
4 Eduardo Anguita(1914~1992). 1938년 문학 세대의 일원으로 초현실주의와 창조주의를 추구한 아방가르드 시인.
5 Carlos Pezoa Véliz(1879~1908). 28세에 요절한 시인. 시집을 한 권도 출간하지 못했지만 당시 일간지와 문학 잡지에 여러 편의 시가 실렸다.
6 Manuel Magallanes Moure(1878~1924). 낭만주의 시인이자 극작가, 기자, 편집인. 대중적인 인기가 매우 높은 시인이었지만 비평가들로부터는 심한 혹평을 받았다.
7 Braulio Arenas(1913~1988). 아방가르드 시인이자 극작가, 소설가. 1938년에 초현실주의 단체인 만드라고라를 창설했다. 난해한 작품 경향으로 인해 〈작가들을 위한 작가〉라 평가받았다.

4

 우리 시 창작 교실의 지도자였던 후안 스테인의 이야기는 그 시절 칠레 못지않게 질곡이 많았다.

 1945년에 태어난 그는 쿠데타 당시 책 두 권을 출간한 상태였다. 한 권은 콘셉시온에서(5백 부), 또 한 권은 산티아고에서(5백 부) 출간했고, 전부 합해 50페이지를 넘지 않았다. 그 세대의 시인 대부분이 그랬듯이 스테인의 시는 니카노르 파라와 에르네스토 카르데날[1]에게 비등하게 영향을 받았고, 스테인이 우리에게 테일리에르보다는 린을 더 많이 읽으라고 추천하기는 했지만, 그의 시 역시 호르헤 테일리에르의 근원 시[2]에 영향을 받아 짧은 편이었다. 그의 취향은 대부분 우리의 취향과 달랐고 심지어 상반되기까지 했다. 그는 호르헤 카세레스(우리가 흠모하는 칠레 초현실주의자)도, 로사멜 델 바예[3]도, 앙기타[4]도 존중하지 않았다. 그는 페소아 벨리스[5](그의 시 몇 편은 외울 정도이다), 마가야네스 모우레[6](우리는 끔찍한 브라울리오 아레나스[7]의 시를 자주 인용하며 그의 경박함을 보완해 주었다), 파블로 데 로카의 무수한 지명과 음식이 등장하는 시들(우리는 — 내가 우리라고 말할 때는, 이제야 깨달았는데, 오직 비비아노 오리안과 나만을 가리키는 것이며, 다른 사람들이 문학적으로 뭘 좋아하고 뭘 싫어했는지는 죄다 잊어버렸다 — 지나치게 깊은 웅덩이를 피하듯이 그의 시를 피했다. 그가 늘 라블레[8]를 읽는 것을 선호했기 때문이다), 네루다의 사랑 시와 『지상의 거처』(우리는 아주 어릴 때부터 네루다스러운 것에 대해서는 피부에 알레르기가 생기고 뾰루지가 났다)를 좋아했다. 우리는 이미 앞에서 언급한 파라와

---

8 François Rabelais(1483~1553). 프랑스 작가, 의사, 인문학자. 프랑스 르네상스의 최대 걸작인 『가르강튀아와 팡타그뤼엘』의 저자이다. 몽테뉴와 함께 16세기 프랑스 문학을 대표하는 작가로 영국의 셰익스피어, 스페인의 세르반테스와 비교된다.

9 『인공물 Artefactos』은 니카노르 파라가 1967년부터 쓰기 시작한 단시(短詩)들을 모아 엽서 모음집 형태로 출간한 책이다.

10 Armando Uribe Arce(1933~). 작가, 시인, 변호사. 아이러니를 뛰어나게 구사하는 시인으로 정치적인 메시지가 담긴 시를 많이 썼지만 그가 가장 많이 다룬 주제는 죽음이다.

11 Gonzalo Rojas(1971~). 1938년 세대의 시인. 20세기 라틴 아메리카의 아방가르드 전통을 잇는 시인으로 1992년 칠레 국가 문학상과 2003년 세르반테스상을 수상했다.

12 Juan Luis Martínez(1942~1993). 아방가르드 시인, 비주얼 아티스트.

13 Oscar Hahn(1938~). 1960년대 세대의 수필가, 문학 비평가.

14 Gonzalo Millán(1947~2006). 1970년대 세대의 시인, 학자, 조명 예술가, 번역가.

15 Claudio Bertoni(1946~). 시인, 비주얼 아티스트.

16 Jaime Quezada(1942~). 시인, 수필가. 가브리엘라 미스트랄 재단의 대표이자 그의 생애와 작품을 연구한 문학 비평가이기도 하다.

17 Waldo Rojas(1944~). 1960년대 세대의 시인이자 수필가, 파리 제1대학의 역사 교수.

린, 테일리에르에 대해서는 취향이 일치했다. 물론 그들의 작품 일부분에 대해서는 조심스럽게 얘기해야 하겠지만(우리가 열광했던 『인공물』[9]이 출간되었을 때 스테인은 당혹스러움과 분노가 뒤섞인 심정으로 나이가 지긋한 니카노르에게 편지를 썼다. 라틴 아메리카 혁명 투쟁의 과도기인 그 시점에서 언급한 농담들을 나무라고자 했던 것이다. 그러자 니카노르 파라는 『인공물』의 엽서 뒷장에 우파든 좌파든 아무도 읽지 않을 테니 염려하지 말라며 답장을 보내왔다. 그리고 스테인은, 내가 알기로, 애정을 갖고 그 엽서를 간직했다). 그리고 또한 우리는 아르만도 우리베 아르세[10]와 곤살로 로하스,[11] 그리고 스테인 세대의 몇몇 시인들을, 즉 1940년대에 출생한 시인들을 좋아했다. 우리는 그들과 미학적이라기보다는 물리적으로 가까워 종종 어울렸지만, 어쩌면 그들이 우리에게 가장 큰 영향을 미친 작가들일 수도 있다. 후안 루이스 마르티네스[12](우리에게 그는 칠레에서 길을 잃은 작은 나침반과도 같았다), 오스카 안[13](1930년대 말에 출생했지만 마찬가지이다), 곤살로 미얀[14](우리 창작 교실에서 두어 번 자기 시들을 낭독했는데, 모두 간결하지만 〈엄청난〉 시였다), 클라우디오 베르토니[15](1950년대에 태어난, 우리와 거의 같은 세대였다), 하이메 케사다[16](어느 날 그는 우리와 함께 술에 취해 목청껏 소리 지르며 무릎을 꿇고 9일 기도문을 외우기 시작했다), 왈도 로하스[17](그 시절 열광적으로 유행했던, 파라와 카르데날의 결산이라 할 수 있는 〈쉬운 시〉[18]와 거리를 두려 했던 초창기 시인들 중 한 명이었다), 그리고 당연히 스테인에게는 그의 세대 가운데 최고의 시인인 디에고 소토가 있었고, 그는 우리에게도 두 명의 최고 시인들 중 한 명이었다. 물론 다른 한 명은 스테인이었다.

비비아노와 나는 자주 그의 집에 들렀다. 스테인이 콘셉시온 대학교에 다니던 학창 시절부터 세들어 살았으며 이제 그 대학의 교수가 된 지금에도 여전히 살고 있는, 역 근처의 작은 집이었다. 책은 별로 없고(그에 비하면 디에고 소토의 집은 도서관과 같았다) 지도들이 잔뜩 있다는 점이 맨 먼저 비비아노와 나의 관심을 끌었다. 칠레 지도, 아르헨티나 지도, 페루 지도, 안데스 산맥 지도, 미국 개신교 교회가 출간한 것으로 나는 두 번 다시 구경하지 못한 중미의 도로 지도, 멕시코 지도, 멕시코 정복 지도, 멕시코 혁명 지도, 프랑스 지도, 스페인 지도, 독일 지도, 이탈리아 지도, 영국 철도 지도, 기차로 여행하는 영국 문학 지도, 그리스 지도, 이집트 지도, 이스라엘 지도, 근동(近東) 지도, 고대와 현대의 예루살렘 도시 지도, 인도 지도, 파키스탄 지도, 미얀마 지도, 캄보디아 지도, 중국 강산들이 그려진 지도, 일본 신도(神道) 사원들의 지도, 호주 사막 지도, 미크로네시아 지도, 이스트 섬 지도, 칠레의 남쪽

---

18 어둡고 초현실적인 이미지나 과도한 감정 표현을 거부하는 대신 명확하고 자연적인 시를 선호하는 경향.
19 Georgy Konstantinovich Zhukov(1896~1974). 소련의 정치가, 군인, 원수.

에 위치한 푸에르토 몬트 도시 지도.

간절히 여행하고 싶은데도 아직 자기네 나라 밖으로 나가 보지 못한 사람들이 흔히 그렇듯, 그는 많은 지도들을 가지고 있었다.

지도들 바로 옆으로는 액자에 담겨 벽에 걸린 사진 두 장이 있었다. 둘 다 흑백 사진이었다. 한 장에는 남자 한 명과 여자 한 명이 집 문 옆에 앉아 있었다. 담황색 금발 머리에 다크서클이 깊게 패이고 눈이 파란 남자는 후안 스테인을 닮았다. 그가 우리에게 말해 준 바 그의 아버지와 어머니였다. 다른 사진은 이반 체르냐호프스키라는 소련 공산당 장군의 공식 사진이었다. 스테인에 의하면 그는 제2차 세계 대전 당시 최고의 장군이었다. 그런 내용에 정통한 비비아노가 주코프[19]와 코니예프, 로코소프스키, 바투틴, 말리노프스키를 언급했지만 스테인은 요지부동이었다. 주코프는 명석하지만 냉정하고, 코니예프는 난폭하고, 어쩌면 개자식일지도 모르고, 로코소프스키는 재주가 있어 주코프를 한편으로 끌어들였고, 바투틴은 훌륭한 장군이지만 자기가 아는 독일 장교들 중 최고는 아니며, 말리노프스키에 대해서도 거의 비슷하게 말할 수 있지만, 체르냐호프스키에게는 아무도 견줄 수 없다고 했다(어쩌면 주코프와 바실리예프스키, 그리고 전차 부대에서 가장 뛰어난 사령관 3명을 하나로 합쳐 놓으면 가능할 수도 있었다). 체르냐호프스키에게는 타고난 재능이 있었고 (전술에서 이러한 일이 가능하다면 말이다) 부하들의 사랑을 받았으며(군인들이 장군을 사랑할 수 있을 정도로), 게다가 젊기까지 했다. 그는 군대를 지휘하는 장군들 중에서 가장 젊은 장군이었고(소비에트 연방에서는 〈진보주의자들〉이라 불렀다), 전쟁이 이미 승리를 거뒀을 때 서른아홉 살이란 나이로 1945년에 전방에서 사망한 몇 명 안 되는 고위 사령관 중의 한 명이었다.

곧 우리는 스테인과 체르냐호프스키 사이에 소련 장군의 전략적 자질과 전술력에 대한 존경심 이외에 뭔가 더 있음을 알았다. 어느 날 오후, 우리는 정치에 대해 말하다가 트로츠키주의자인 그가 자세를 낮춰 어떻게 소비에트 대사관에 장군의 사진을 요청하게 되었는지 묻게 되었다. 우리는 농담으로 한 말이었지만 스테인은 그렇게 받아들이지 않고, 그 사진은 이반 체르냐호프스키와 친사촌이었던 자기 어머니의 선물이라고 순진하게 털어놓았다. 오랜 세월이 흘러 영웅의 직계 친척 자격으로 대사관에 사진을 요청한 사람은 바로 그녀였다. 그가 콘셉시온에서 공부하기 위해 집을 떠날 때 그의 어머니는 아무 말 없이 그 사진을 건네주었다. 그러고 나서 그는 소비에트 연방에서 꽤 가난한 우크라이나 유대인으로 살았던 체르냐호프스키 집안과 전 세계로 뿔뿔이 흩어져 살아야 했던 각기 다른 운명들에 대해 말해 주었다. 우리는 그의 외할아버지가 장

---

20 *Army Group Center*. 연합 작전 시 2~3개 야전군의 지휘권이 통합적으로 행사되어야 할 때, 해당 야전군 중 1개 사령부에 다른 야전군의 지휘권까지 부여한 것.

군의 아버지와 한 형제였고, 스테인이 그의 조카뻘이라는 사실을 확실하게 알게 되었다. 우리는 이미 스테인을 존경하고 있었다. 무조건적이라 할 수 있었다. 하지만 그 사실을 알고 난 이후 우리의 존경심은 무한대로 증가했다. 세월이 흘러 우리는 체르냐호프스키에 대해 더 많은 사실들을 알게 되었다. 전쟁 초 몇 달 동안 그는 기갑 사단인 제28전차 사단을 이끌었다. 그는 늘 후퇴를 거듭하며 노브고로드 일대에서 발트 해 연안 국가들과 싸웠고, 그 후 보로네스에서 제60군(소련 군사 용어로는 군단과 맞먹는다)의 명령 하에 있는 한 군단(소련 군사 용어로는 사단과 맞먹는다)의 지휘권이 주어질 때까지는 부대 배치도 받지 못했다. 그 후 1942년 나치의 공격이 활발할 당시 제60군의 사령관이 파면된 후 가장 나이 어린 장교인 그에게 그 직책이 맡겨졌고 당연히 질투와 원성이 쏟아졌다. 그는 자신이 존경하고 지지하는 바투틴의 명령 하에 있었고(그 당시 바투틴은 보로네스 전선을 지휘하고 있었고, 소련 군사 용어로는 군대에 해당하며, 이는 이미 앞에서 말했다고 본다), 그는 제60군을 절대 불패의 전쟁 기계로 만들어 러시아 지역을 향해, 그리고 나서 우크라이나 지역을 향해 계속 전진했다. 아무도 그를 막을 수 없었다. 그는 1944년에 승진해 벨라루스의 제3전선을 지휘했다. 1944년 공격 당시 독일 4개 군으로 이루어져 어쩌면 제2차 세계 대전 중 나치의 가장 대대적인 공격일 수도 있었던 중앙 집단군[20]의 파멸을 이끌어

낸 장본인이기도 했다. 그 전투는 스탈린그라드 전투나 노르망디 상륙 작전보다 치열했고, 코브라 작전이나 드니예프르 강 도하(그가 참여했던)보다 치열했고, 발지 대전투의 반격이나 쿠르스크 전투(그가 있었던)보다 치열했다. 바그라티온 작전[21](중앙 집단군의 붕괴)에 참여한 러시아 군대들 중에서 멀리서 봐도 가장 먼저 한눈에 띄는 군대는 제3벨라루스 전선군이었다. 그들은 진격을 절대 멈추지 않았으며, 그때까지 한 번도 본 적 없는 속도로 깊숙이 진군해 동부 프로이센에 맨 먼저 도착했다. 그는 사춘기 시절에 부모를 여읜 후 자기 집이 아닌 집에서 자기 가족이 아닌 가족들에게 얹혀살았고, 유대인들이 겪는 모욕과 굴욕을 당했다. 그런데도 그는 자기를 무시한 사람들에게 자신은 그들과 똑같을 뿐만 아니라 그들보다 훨씬 월등하다는 것을 보여주었다. 어린 시절 그는 페틀류라[22]의 추종자들(우크라이나 민족주의자들)이 베르보포의 마을(그곳의 작고 하얀 집들은 부드러운 산등성이에 골고루

---

21 1944년 동부 폴란드와 벨라루스에 포진해 있던 독일군을 일소하기 위한 소련군의 암호명. 이 공세에서 소련군은 독일 중앙 집단군을 붕괴시켰다. 작전에 동원된 소련군 부대는 벨라루스 전선군의 일부였다. 이 전선군은 다시 로코소프스키 원수가 지휘하는 제1벨라루스 전선군과 자하로프 상급 대장이 지휘하는 제2벨라루스 전선군, 체르냐호프스키 상급 대장이 지휘하는 제3벨라루스 전선군으로 이루어져 있었다.

22 시몬 페틀류라(1879~1926). 우크라이나 작가이자 정치가, 기자. 1917년 러시아 혁명 이후 우크라이나 독립 전쟁을 이끌었다.

23 Anton Semyonovich Makarenko(1888~1939). 소련의 교육가, 작가. 부랑아와 미성년 범법자를 수용하는 교육 시설 콜로냐의 주임을 지냈다. 이어 소년범 형무소인 제르진스키 콤뮤나의 소장으로 일하며 청소년의 생산 노동과 집단 교육의 결합을 주장했다.

퍼져 있다)에서 자기 아버지를 고문하고 살해하는 장면을 지켜보았다. 그의 사춘기는 디킨스와 마카렌코[23]를 섞어 놓은 것이었으며, 전쟁 중 동생 알렉산더를 잃었다. 이반 체르냐호프스키가 공격을 진두지휘하고 있었기 때문에 그 소식은 오후 내내 그리고 밤새도록 전해지지 않았고, 동생은 길 한복판에서 홀로 죽어 갔다. 그는 두 번이나 〈소비에트 연방의 영웅〉이었다. 그는 레닌 훈장, 적기(赤旗) 훈장 4번, 수보로프 일급 훈장 2번, 쿠투조프 일급 훈장, 보그단 흐멜니츠키 일급 훈장, 셀 수 없이 많은 메달을 받았다. 그리고 정부와 당의 주도 하에 빌니우스와 빈니차에 그의 기념비들이 세워졌다(틀림없이 빌니우스 기념비는 현존하지 않고, 빈니차 기념비 역시 붕괴되었을 가능성이 높다). 옛 동부 프러시아의 인스터부르크 시는 오늘날 그를 기려 체르냐호프스키라고 부르고, 토마스폴스키 주의 베르보포 마을에 있는 집단 농장 역시 그의 이름을 따서 부른다(오늘날에는 집단 농장조차 존재하지 않는다). 그리고 체르카시 지역에 있는 우만스키 주의 오크사니노 마을에는 위대한 장군을 기려 청동상이 세워졌다(내 한 달치 월급을 걸고 말하는데, 현재 그 청동상은 페틀류라로 대체되었다. 앞으로는 누구로 대체될지 어찌 알겠는가). 비비아노가 파라를 인용하며 말했듯이, 결국 세상의 영광은 그렇게 영광도 없이, 세상도 없이, 싸구려 햄 샌드위치 한 조각 남지 않게 되었다.

하지만 분명한 것은 체르냐호프스키의 사진이 꽤 커

다른 액자에 담겨 그곳에, 후안 스테인의 집에 있었다는 것이고, 아마도 그것이 그의 이름을 기린 동상들과 도시들, 우크라이나와 벨라루스, 리투아니아, 러시아의 아스팔트도 제대로 깔리지 않은 수많은 거리들보다 훨씬 중요하다는 것이다(말할 수도 없이 훨씬 중요하다고 감히 말할 수 있을 것이다). 내가 왜 그 사진을 가지고 있는지 모르겠어, 스테인이 우리에게 말했다. 틀림없이 제2차 세계 대전 당시 그가 유일하게 영향력이 있었던 유대인 장군이고 그의 운명이 비극적이라 그런지도 모르지. 내가 집을 떠날 때 어머니가 선물한 거라고이 간직했을 가능성이 크지만 그건 수수께끼와도 같아. 어머니는 나에게 아무 말씀도 하시지 않았지. 그냥 그 사진을 나에게 주셨을 뿐이야. 그걸로 어머니는 나에게 무슨 말씀을 하시고 싶었던 걸까? 사진 선물은 일종의 〈선언〉일까? 아니면 대화의 시작일까? 등등. 가르멘디아 자매에게는 오히려 체르냐호프스키의 사진이 끔찍하게 보였고, 그녀들은 정말로 선량한 청년으로 보이는 블로크[24]의 사진이나, 아니면 이상적인 연인인 마야코프스키[25]의 사진을 걸어 놓았으면 하고 바랐는지도 모른다. 체르냐호프스키의 조카가 칠레 남

24 Aleksandr Aleksandrovich Blok(1880~1921). 푸시킨의 뒤를 잇는 러시아의 서정 시인.

25 Vladimir Mayakovsky(1893~1930). 러시아의 혁명 시인.

26 William Carlos Williams(1883~1963). 과장된 상징주의를 배제하고 평범한 관찰 위주의 〈객관주의〉 시를 쓴 미국 시인. 시집 『브뤼헐의 그림』으로 1963년 퓰리처상을 받았다. 또한 5부작 『패터슨』은 일상의 언어로 장대한 서사시를 엮어 낸 것으로 유명하다.

부에서 문학을 가르치며 뭘 하고 있단 말인가?, 스테인은 취했다 하면 종종 자기 자신에게 물었다. 그는 그 액자에 윌리엄 카를로스 윌리엄스[26]의 사진이나 걸어야겠다고 몇 번이나 말했다. 그 사진에서는 윌리엄 카를로스 윌리엄스가 동네 의사의 도구들, 즉 검정 가방과 몇 년 동안 입어 너덜너덜하지만 편하고 추위에 강한 낡은 재킷의 호주머니에서 머리가 두 개 달린 뱀처럼 툭 튀어나와 금세라도 떨어질 것 같은 청진기를 들고 하얀색이나 초록색, 빨간색으로 칠한 나무 울타리들에 둘러싸인 집들이 차분하고도 길게 늘어서 있는 길을 따라 걷고 있었다. 울타리 너머로는 자그마한 마당이나 자그마한 잔디밭에 — 한참 일하다가 내던져 둔 잔디 깎는 기계에 — 챙이 짧은 짙은 색 모자가 덩그러니 놓여 있을 것 같았다. 그는 아주 깨끗한, 거의 광채가 나는 안경을 쓰고 있었다. 하지만 그 광채는 과도하지도, 극단적이지도 않았으며, 그는 아주 행복하지도, 아주 슬프지도 않았지만 만족스러웠다(어쩌면 그가 재킷을 따뜻하게 걸쳐 그럴 수도 있고, 어쩌면 그가 찾아가는 환자가 죽지 않을 거라는 걸 알기 때문일 수도 있다). 그렇게 그는 한겨울의 오후 6시에, 말하자면, 차분하게 걷고 있었다.

하지만 스테인은 체르냐호프스키의 사진을 윌리엄 카를로스 윌리엄스의 사진으로 절대 바꾸지 않았다. 두 번째 사진의 진위성에 대해서는 시 창작 교실의 몇몇 회원들, 그리고 심지어 스테인까지도 가끔 의혹을 내비쳤다. 가르멘디아 자매에 의하면 윌리엄 카를로스 윌리엄스보다는 굳이 의사가 아니더라도 〈뭔가〉로 변장해 신분을 숨기고 동네 거리를 걷고 있는 트루먼 대통령을 닮았다. 비비아노가 보기에는 능숙한 사진 조작이었다. 얼굴은 윌리엄스의 얼굴이지만 몸은 다른 사람의 것이었다. 어쩌면 실제 동네 의사의 몸일 수도 있었다. 그리고 배경은 여러 조각들을 이어 붙인 거였다. 한쪽에는 나무 울타리, 다른 쪽에는 잔디와 잔디 깎는 기계, 울타리와 심지어 잔디 깎는 기계 손잡이 위의 작은 새들, 해 질 녘의 맑은 회색 하늘, 모든 것이 각기 다른 사진 여덟아홉 장으로 만든 거였다. 스테인은 모든 가능성을 수긍하면서도 무슨 말을 해야 할지 몰랐다. 어찌 됐든 그는 그 사진을 〈윌리엄스 박사의 사진〉이라 불렀고, 그 사진을 없애지는 않았다(가끔은 노먼 록웰 박사[27]의 사진이나 윌리엄 록웰 박사의 사진이라 부르기도 했다). 그 사진은 분명 그가 가장 아끼는 물건들 중 하나였다. 그건 누구도 이상하게 여겨서는 안 된다. 스테인은 가난하고 가진 게 얼마 없었기 때문이다. 한번은(우리는 미와 진실에 대해 토론을 벌이고 있었다) 베로니카 가르멘디아가 그에게 윌리엄스가 아니라는 걸 확실히 알면서도 윌리엄스의 사진에서 대체 무엇을 보는 거냐며 물은 적이 있었다. 나는 그

---

27 Norman Percevel Rockwell(1894~1978). 미국 화가, 일러스트레이터. 미국 중산층의 생활 모습을 친근하고 인상적으로 묘사했다.
28 Antonio Gramsci(1891~1937). 이탈리아 공산당 창설자.

사진이 좋아, 스테인이 인정했다. 윌리엄스 카를로스 윌리엄스라고 믿는 게 좋아. 한참 후 그가 덧붙였다. 하지만 특히, 우리가 이미 그람시[28]에게 열광하고 있을 때, 나는 그 사진의 차분함이 좋아. 윌리엄스가 묵묵히 자기 일을 하고 있고, 그가 일하러 가면서 뛰지 않고, 한가로이 오솔길을 따라 걸어가고 있다는 것을 분명히 알 수 있다는 게 좋아. 심지어 훨씬 나중에, 우리가 시인들과 파리 코뮌에 대해 얘기하고 있을 때 그가 말했다. 〈모르겠어.〉 거의 속삭이듯 말했고 내가 보기에는 아무도 그의 말을 듣지 못했다.

쿠데타 이후 스테인은 종적을 감췄고, 아주 오랫동안 비비아노와 나는 그를 죽은 사람으로 치부했다.

실제로 모든 사람들이 그를 죽은 사람이라 여겼고, 모두들 성질 더러운 볼셰비키 유대인이 살해당한걸 당연히 생각했다. 어느 오후 비비아노와 나는 그의 집 근처까지 갔다. 우리는 문을 두드리기가 두려웠다. 집이 감시당할 수도 있고, 심지어 경찰이 우리에게 문을 열어 주고 안으로 들여보낸 다음 다시는 내보내지 않을 수도 있다며 편집광적으로 상상했기 때문이었다. 그래서 우리는 집 앞을 서너 번 지나치기만 했는데 불빛은 보지 못했고, 그렇게 우리는 부끄러워하면서도 은근히 안심하며 무거운 심정으로 멀어져 갔다. 일주일 후, 우리는 서로 아무 말도 하지 않고 다시 스테인의 집으로 향했다. 우리가 불러도 아무도 응답하지 않았다. 건넛집에서 여자 한 명이 창문 너머로 우리를 흘낏 훔쳐보았고, 그 장면은 여러 영화들의 불특정한 순간들을 문득 떠오르게 할 뿐만 아니라, 스테인의 집은 물론 거리 전체에서 풍기는 고독과 버림받은 느낌을 더욱 배가시켰다. 우리가 세 번째로 찾아갔을 때는 젊은 여자가 문을 열어 주었고, 그녀 뒤로 세 살은 넘지 않을 것 같은 사내아이들 두 명이 따라 나왔다. 한 아이는 걸었고, 한 아이는 기어 다녔다. 여자는 지금은 자기가 남편과 함께 그곳에서 살고 있으며, 이전 세입자는 모르겠고, 우리가 알고 싶은 게 있다면 집주인을 찾아가 보라고 했다. 친절한 여자였다. 그녀는 우리에게 들어와 차 한 잔 하라고 했지만 비비아노와 내가 사양했다. 폐를 끼치고 싶지 않습니다, 우리가 말했다. 벽에서는 지도들 그리고 체르냐호프스키 장군 사진의 흔적을 찾아볼 수 없었다. 상당히 친한 분인데 갑자기 연락도 없이 떠나셨나 봐요?, 여자가 미소를 띠고 물었다. 네, 우리가 말했다, 뭐 대충 그렇습니다.

얼마 후 나는 영영 칠레를 떠났다.

비비아노로부터 수수께끼나 난센스 퀴즈처럼 전보 문체로 짤막하게 쓴 편지를 받았을 때(하지만 그런 와중에도 쾌활한 비비아노가 느껴졌다) 내가 멕시코에서 살고 있었는지, 프랑스에서 살고 있었는지 잘 기억이 나지 않는다. 편지에는 산티아고 일간지에서 오린 신문 스크랩도 함께 들어 있었다. 신문 스크랩에서는 스탈린 전선 부대와 함께 코스타리카를 통해 니카라과로 잠입한 여러 〈칠레 테러리스트들〉을 언급하고 있었다.

그들 중 한 명이 후안 스테인이었다.

　그때부터 스테인에 대한 소식은 적잖게 들려왔다. 그는 싸움이 있는 곳이라면 어디든지, 절망하고, 인자하고, 미치고, 용감하고, 혐오스러운 라틴 아메리카인들이 실패로 끝날 수밖에 없는 최후의 수단으로 현실을 파괴했다가 다시 세우고, 또다시 파괴하는 곳이라면 어디든지 귀신처럼 홀연히 나타났다가 사라졌다. 나는 니카라과의 남쪽 도시인 리바스 점령에 대한 다큐멘터리에서 그를 보았다. 가위로 아무렇게나 자른 듯한 짧은 머리에 전보다 훨씬 여위었으며, 반은 군인처럼 반은 여름 계절 학기의 대학 강사처럼 옷을 입고 파이프 담배를 피우며 깨진 안경을 철사로 동여매 쓰고 있었다. 비비아노는 스테인과 옛날 좌파 혁명 운동 군인 다섯 명이 앙골라에서 남아프리카인들과 맞서 싸우고 있다고 얘기하는 신문 스크랩 하나를 보내 주었다. 훨씬 나중에는 멕시코 잡지를 복사한 종이 두 장을 받았다(나는 그때는 〈확실하게〉 파리에 있었다). 앙골라에 있는 쿠바인들과 국제단체들의 차이점이 언급되었는데, 그 중에는 〈*Los Chilenos Voladores*(날아다니는 칠레인들)〉라는 단체의 유일한 생존자인 칠레 사람 두 명이 있었다(그들에 따르면, 그리고 기자들과의 인터뷰를 보면, 그것은 르완다의 어느 바에서 이뤄진 거라 추측할 수 있고, 때문에 그들이 취했다고 추정할 수 있다). 〈*Los Chilenos Voladores*〉라는 명칭은 칠레 남부에서 지치지 않고 매년 순회공연하던 〈*Las Águilas*

Humanas〈인간 독수리〉〉 서커스단을 연상시켰다. 물론 스테인은 살아남은 좌파 혁명 운동가들 중의 한 명이었다. 그는 거기서, 내 추측인데, 니카라과로 건너갔다. 니카라과에서는 그의 흔적을 놓친 순간들이 있다. 그는 리바스 점령 중 목숨을 잃은 게릴라 대장인 신부를 따르던 부관들 중 한 명이다. 그 후 그는 보병 대대인지 부대인지를 지휘하든지, 아니면 뭔가의 제2부관이든지, 아니면 막 입대한 청년들을 훈련시키기 위해 후방 부대로 가게 된다. 그는 부대가 승리를 거둬 마나구아로 당당히 입성할 때 그 자리에 있지 않았다. 또다시 그는 한동안 모습을 감춘다. 파라과이에서 소모사[29]를 암살한 부대원들 중의 한 명이라고도 한다. 콜롬비아 게릴라와 함께 있다고도 한다. 심지어 그가 아프리카로 돌아갔다느니, 앙골라인지 모잠비크에 있다느니, 아니면 나미비아 게릴라들과 함께 있다고도 한다. 매일매일이 위험의 연속이었지만, 서부 영화에서 그렇듯 아직 그의 심장을 꿰뚫을 총알과 하나가 되지는 않았다. 하지만 그는 다시 아메리카로 돌아가 한동안 마나구아에 정착한다. 비비아노의 특파원인 아르헨티나 시인이 말해 주었다고 한다. 마나구아 문화 센터에서 열렸던, 이 시인(디 안젤리라는 사람)이 주관한 아르헨티나와 우루과이, 칠레 시 낭송회에서 〈키가 크고 금발에 안경을 쓴〉 한 참석자가 칠레 시와 낭송한 시들의 선별 기준에 대해 갖가지 평을 했다(디 안젤리가 포함된 주최자들

---

[29] Anastasio Somoza García(1896~1956). 니카라과의 독재자.

은 정치적인 이유로 니카노르 파라와 엔리케 린의 시를 포함시키지 않았다). 즉 한마디로 그는 낭송회의 주최자들에게 욕설을 퍼부어 댔다. 그래도 최소한 칠레의 서정시 부분에서는 아주 침착하게, 난폭하지 않게 굴었다. 말하자면 — 디 안젤리가 말했다 — 아이러니로 가득한 채 약간은 서글프면서도 지쳐 보였지요. 누가 어떻게 알겠습니까. (비비아노가 콘셉시온의 구두 가게서부터 셀 수도 없이 많은 서신 교환을 하며 세상과 교류하고 있는 안테나들을 보면, 이 디 안젤리라는 사람이야말로 최고의 철면피에 냉소적이면서도 재미있는 사람 중 한 명이었다. 좌파 성향의 물불 가리지 않는 전형적인 야심가면서도 자기가 누락한 것이 있거나 월권한 것이 있으면 뭐가 됐든지, 언제든지 용서를 구할 자세가 되어 있었다. 비비아노에 의하면 그가 무작정 달려든 일들은 영원히 기억에 남을 만한 것들이며, 스탈린 시대를 산 그의 서글픈 삶은 틀림없이 위대한 피카레스크 소설의 모델이 되고도 남을 정도였다. 물론 1970년대의 라틴 아메리카에서는 그런 삶이 단지 자질구레하고 하찮은 일에, 그것도 나쁜 의도조차 없이 이뤄진 하찮은 일에 불과했다. 우파였다면 훨씬 잘나갔을 수도 있었지, 비비아노가 말했다. 하지만 신기해, 디 안젤리 집안사람들은 좌파 부대를 이루고 있으니 말이야. 그는 말했다. 적어도 〈아직까지는〉 〈문학 비평〉을 하지 않지만, 결국 그렇게 될 거야. 실제로, 끔찍했던 1980년대에, 나는 멕시코와 아르헨티나의 몇몇 잡지들을 훑어

보다가 디 안젤리의 여러 비평 작업들을 발견했다. 그가 자리를 잡아 가는 것 같았다. 1990년대에는 다시는 그의 글을 접하지 못했지만, 갈수록 내가 잡지를 덜 읽는 탓도 있다.) 요점은 스테인이 아메리카로 돌아왔다는 것이다. 비비아노의 말을 믿는다면 그가 바로 콘셉시온의 후안 스테인이고, 이반 체르냐호프스키의 조카였다. 한동안, 지나치게 길게 한숨을 쉰 기간 동안, 이미 앞에서 언급한 코노 수르[30] 시인들의 낭송회와 전시회, 공연 등에서 에르네스토 카르데날과 함께 있는 그를 (두 번) 볼 수 있었다. 그러고는 그는 자취를 감추고, 이제 더는 니카라과에서 그를 볼 수 없게 된다. 그는 아주 멀리 가지는 않았다. 그가 과테말라 게릴라와 함께 있다고 하는 사람도 있고, 그가 파라분도 마르티 당(黨)[31]의 깃발 아래서 싸우고 있다고 확신하는 사람들도 있다. 비비아노와 나는 그런 명칭의 게릴라라면 스테인이 옆에 있을 수 있다는데 의견이 일치했다. 물론 스테인이 로케 달톤[32]을 죽인 사람들을 자기 손으로 직접 죽였을 수도 있다(멀리서 보면 그의 난폭함과 잔인함은 할리우드 영화 주인공의 난폭함과 잔인함처럼 무한대로 커지고 왜곡되었다). 같은 꿈, 혹은 같은 악몽 가운데 칠레 남쪽 숲에서 온 볼셰비키 유대인인 체

---

30 남회귀선 아래, 남아메리카의 최남단 지역.

31 FMLN당이라고도 하며 1992년에서 2009년까지 엘살바도르의 제1야당이었다. 2009년 3월 15일 대선에서 승리를 얻은 후 마우리시오 푸네스가 엘살바도르의 대통령직을 수행하고 있다.

32 Roque Dalton García(1935~1975). 엘살바도르의 시인, 혁명가.

33 파라분도 마르티당을 가리킨다. 각주 31 참조.

르냐호프스키의 조카가, 자기네 혁명에 이롭다는 이유로 논쟁을 끝내기 위해 〈자고 있는〉 로케 달톤을 살해한 개자식들과 어떻게 화해할 수 있단 말인가? 말도 되지 않는다. 하지만 분명한 것은 그곳에 스테인이 있었다는 것이다. 그리고 그는 여러 공격과 급습에 참여하고, 그러던 어느 날 사라지게 되고, 이번에는 영원히 자취를 감추게 된다. 그 당시 나는 이미 스페인에서 살며 하찮은 일들을 하고 있었다. 텔레비전도 없었고 신문도 자주 사지 못했다. 비비아노에 따르면 후안 스테인은 FMLN[33]의 마지막 공격 때 죽었다. 그 공격에서 FMLN은 산살바도르의 여러 지역을 점령해 광역 방송망을 갖추게 되었다. 나는 밥도 먹고 술도 한잔 하러 들르곤 했던 바르셀로나의 여러 바에서 머나먼 전쟁의 파편들을 본 기억이 난다. 하지만 사람들이 텔레비전을 보고 있어도 말소리나 오가며 부딪히는 접시 소리 때문에 아무 소리도 들리지 않았다. 심지어 내 기억에 남아 있는 이미지들(전쟁 특파원들이 취재한 이미지들)조차도 희미하고 파편적이다. 단 두 가지만 확실하게 기억난다. 산살바도르의 거리에 쳐진 바리케이드들, 바리케이드라기보다는 총격 지점처럼 보이는 아주 볼품없는 바리케이드들과 한 FMLN 지휘자의 작고 까무잡잡하고 긴장한 모습이다. 그는 아킬레스 지휘관인지 율리시스 지휘관인지로 불렸으며, 텔레비전 인터뷰 직후에 죽었을 거라는 것을 나는 안다. 비비아노에 의하면 그 절망스러운 공격에 가담한 모든 지휘관들은 그리스 영웅이나 신들의 이름을 가지고 있었다. 스테인의 이름은 뭐였을까? 파트로클루스 지휘관? 헥토르 지휘관? 파리스 지휘관? 나도 모르겠다. 아에네아스나 율리시스는 분명히 아니다. 전투가 끝난 후 시신들을 수습할 때 금발 머리에 키가 큰 남자가 한 명 있었다. 경찰 기록에는 간략하게 묘사되어 있다. 팔과 다리에 난 상처 자국들, 해묵은 상처들, 오른팔에 새겨진 성난 사자 문신. 문신 상태는 양호한 편. 장인의 솜씨로, 그야 물론, 산살바도르에서는 할 수 없는 것임. 경찰 정보부에는 정체불명의 금발 남자가 아르헨티나 국적의 하코보 사보틴스키라는 이름으로, ERP[34]의 옛 멤버라고 적혀 있다.

오랜 세월이 흘러 비비아노는 푸에르토 몬트로 가서 후안 스테인의 본가(本家)를 찾아보았다. 그런 성을 가진 사람은 아무도 찾지 못했다. 스토네라는 사람 한 명과 스테이너라는 사람 두 명, 스틴이라는 같은 집안사람 세 명이 있었다. 스토네는 곧 제외되었다. 그는 스테이너 두 명과 스틴 세 명을 찾아갔다. 스틴이라는 사람들은 그에게 해줄 말이 거의 없었다. 그들은 유대인이 아니었고, 스테인 가문이나 체르냐호프스키에 대해서는 전혀 아는 게 없었다. 그들은 그가 유대인인지, 아니면 그 일에 돈이 걸려 있는지 비비아노에게 물었다. 그 당시, 추측컨대, 푸에르토 몬트는 한창 경제 성장 중이었다. 스테이너는 확실히 유대인이었지만 그의 집안은 우크라이나가 아닌 폴란드에서 왔다. 몸무게가 지나치게

---

34 Ejército Revolucionario del Pueblo. 민족 혁명군.

많이 나가고 덩치가 큰 농업 기술자인 첫 번째 스테이너는 그에게 별 도움이 되지 못했다. 앞사람의 숙모이자 리세오에서 피아노 선생을 하는 두 번째 스테이너는 1974년에 양키우에로 떠난 스테인 미망인을 떠올렸다. 하지만 그 부인은 유대인이 아니에요. 피아니스트가 밝혔다. 비비아노는 약간 혼란스러워하며 양키우에로 떠났다. 그는 생각했다. 틀림없이 스테인 미망인이 유대교를 열심히 믿지 않아 피아노 선생이 착각한 거야. 후안 스테인과 그의 가족 전력을(붉은 군대의 장교가 삼촌임을) 안다면 그들이 무신론자라 해도 이상할 건 없지.

양키우에에서는 스테인이라는 미망인의 집을 쉽게 찾을 수 있었다. 마을 외곽에 위치한, 초록색 페인트를 칠한 조그만 통나무집이었다. 철책을 밀자 암소를 축소해 놓은 듯 얼룩이 새까맣고 착해 보이는 하얀 개 한 마리가 나와 그를 맞이했다. 종소리처럼 소리가 나는, 아니 어쩌면 진짜 종일 수도 있는 벨이 울린 다음 한참 후에 서른다섯쯤 들어 보이는 여자가 문을 열어 주었다. 비비아노는 그렇게 아름다운 여자는 난생처음이었다.

그는 그곳에 스테인 미망인이 사느냐고 물었다. 살았지만 그건 오래전 일이에요, 여자가 명랑하게 대답했다. 안타깝군요, 비비아노가 말했다. 열흘 전부터 그녀를 찾아 헤맸고, 나는 곧 콘셉시온으로 돌아가야 합니다. 그제야 여자는 그를 안으로 들이고는 이제 곧 티타임을 가질 건데 함께 마시겠냐고 물었다. 비비아노는 당연히 그러겠다고 대답했다. 그러고 나서 여자는 이미 3년 전에 스테인 미망인이 사망했다고 말했다. 여자는 갑자기 슬픈 표정을 지었고, 비비아노는 자기가 실례했다고 말했다. 여자는 스테인 미망인을 알고 있었다. 친한 사이는 아니었지만 그녀를 좋게 생각하고 있었다. 전형적인 독일 여자답게 좀 거만한 편이지만 알고 보면 좋은 사람이었어요. 나는 그녀를 만나 보지 못했습니다, 비비아노가 말했다. 사실 나는 그분 아드님의 사망 소식을 전해 주기 위해 찾아온 것입니다. 하지만 차라리 이편이 훨씬 낫겠군요. 누군가에게 자식의 사망 소식을 전해 준다는 것은 늘 끔찍하지요. 그럴 리가 없어요, 여자가 말했다. 그녀에게는 외아들밖에 없는데, 그녀가 죽을 당시 아들은 아직 살아 있었어요. 난 아들하고는 친했다고 할 수 있어요. 비비아노는 목구멍에 뭔가가 걸리는 기분이었다. 외아들이요? 네, 꽤 훌륭한 청년인데 노총각이었어요. 왜 한 번도 결혼을 하지 않았는지 모르겠어요. 아마 숫기가 너무 없어서 그랬을 거예요. 그러면 제가 또다시 착각한 게 분명하군요, 비비아노가 말했다. 우리가 각기 다른 스테인 집안을 얘기한 것 같습니다. 미망인의 아들은 이제 양키우에 살지 않습니까? 작년에 발디비아의 병원에서 죽었어요. 그건 사람들한테 들었어요. 우리는 친하기는 했지만 나는 한 번도 병원에 병문안을 가지 않았어요. 그렇게까지 친하지는 않았거든요. 무슨 병으로 죽었습니까? 내가 알기로는 암이었어요, 여자가 비비아노의 양손을 바라보며 말했다. 그는 좌파였지요? 그렇죠?, 비비아노가 실낱같은 목소리로 물었다. 아마 그럴 거예요, 여자가 말했다, 그녀는 갑자기 다시 명랑해졌다. 양쪽 눈에서 빛이 났어, 비비아노가 말했다. 사람의 눈에서 빛이 나는 걸 처음으로 본 것 같았어. 그는 좌파이긴 했지만 강경파는 아니었어요. 1973년부터 많은 칠레인들이 그랬듯이 침묵의 좌파였지요. 유대인은 아니었지요? 그렇지요? 아니에요, 여자가 말했다. 물론 그거야 아무도 모르지만, 사실 나에게는 종교 개념이 그다지 중요하지 않거든요. 하지만 아니었어요. 내 생각에 그들은 유대인이 아니라 독일인이었어요. 그의 이름이 뭐였지요? 후안 스테인. 후아니토 스테인. 직업은 뭐였지요? 취미 삼아 엔진이나 경운기, 수확기, 우물 등 뭐가 됐든지 고치기는 했지만 선생이었어요. 정말이지 엔진을 기가 막히게 잘 다뤘지요. 그리고 그걸로 가욋돈도 꽤 많이 벌었어요. 가끔은 그가 부품들을 직접 조립하기도 했어요. 후아니토 스테인. 그는 발디비아에 묻혔나요? 내가 보기에는 그런 것 같아요, 여자는 말하고 다시 슬픈 표정을 지었다.

그렇게 비비아노는 발디비아 공동묘지를 찾아가 관리인에게 팁을 두둑하게 챙겨 주고는 그와 함께 하루 종일 후안 스테인이라는 사람의 묘를 찾았다. 키가 크고, 금발이었지만, 절대 칠레를 떠나지 않았던 후안 스테인. 하지만 아무리 찾아도 그의 묘는 찾지 못했다.

5

 1973년 말이나 1974년 초쯤에는 후안 스테인의 절친한 친구이자 맞수인 디에고 소토 역시 자취를 감췄다.

 칠레의 하늘이 산산조각 난다고 해도 그들은 항상 함께했고 늘 시를 논했다(물론 우리는 그들을 각기 상대방의 창작 교실에서 보지는 못했다). 키가 크고 금발인 스테인과 작고 까만 머리인 소토, 근육질의 강한 스테인과 장차 물렁살에 토실토실하게 살찔 조짐까지 보이는 몸매에 뼈가 가느다란 소토, 라틴 아메리카 시의 범주 안에 머무는 스테인과 칠레에서 아무도 모르는(그리고 여전히 계속 모르고 있는 것 같아 심히 걱정된다) 프랑스 시를 번역하는 디에고 소토. 그리고 그것은 당연히 많은 사람들을 분노하게 했다. 땅딸하고 못생긴 인디오가 어떻게 알랭 주프로이와 드니 로슈, 마르슬랭 플레네를 번역할 수 있단 말인가? 하느님 맙소사, 미셸 빌토와 마티외 메사지에, 클로드 펠리외, 프랑크 브나이유, 피에르 틸만, 다니엘 비가가 대체 누구란 말인가? 드노엘에서 책을 출판한 조르주 페렉이 대체 얼마나 대단한 사람이기에 소토가 거들먹거리며 사방을 누비고 다닌단 말인가? 그가 늘 반듯하게 정장을 차려입고(노숙자처럼 옷을 입는 스테인과는 정반대로) 팔 아래 책들을 끼고 의대를 향해 걸어가거나, 아니면 영화관이나 공연장 앞에 줄을 서면서 콩셉시온의 거리를 더 이상 활보하지 않게 되었을 때, 마침내 그가 허공으로 사라져 버렸을 때, 그를 그리워하는 사람은 아무도 없었다. 많은 사람들이 그의 죽음을 기뻐했을 수도 있다. 엄밀하게 정치적인 문제 때문이 아니라(소토는 사회당에 호의적이었지만 그뿐이었다. 호의는 가지고 있었지만 성실한 투표자도 아니었다. 나라면 그를 비관적인 좌파라 하겠다) 미학적인 이유 때문에, 그리고 자기보다 훨씬 똑똑하고 교양이 있는데 사회적으로 영악하지 못해 그것을 감추지 못하는 사람의 죽음을 보았을 때의 기쁨이었다. 지금 그것을 글로 옮기려니 거짓말 같다. 하지만 그랬다. 소토의 적들은 그의 신랄함까지도 용서할 수 있었다. 하지만 그의 무관심은 절대 용서하지 못했다. 그의 무관심과 그의 지성.

그러나 소토는 스테인(확실히 그를 더는 만나지 못했다)과 같은 망명자 신분으로 유럽에서 다시 모습을 드러냈다. 처음에는 동독에 있다가 몇 가지 불쾌한 사건들을 겪은 후 첫 기회가 오자마자 그곳을 떠났다. 망명이라는 서글픈 전설에서 ── 그곳에서는 이야기의 절반 이상이 거짓이거나, 아니면 실제 이야기의 그림자에 불과하다 — 어느 날 밤 그는 두개골이 손상되고 갈비뼈 두 대가 부러질 정도로 한 칠레 남자에게 늘씬 얻어맞고 베를린 병원에 입원했다. 그 후 그는 프랑스에 정착해 스페인어와 영어를 가르치고, 불법 출판되는 뛰어난 라틴 아메리카 작가들의 작품을 번역하며 생계를 유지했다. 거의 모두 20세기 초 작가들로 환상주의 작가들이거나 포르노 작가들이었다. 그들 중에는 발파라이소의 잊힌 소설가로 환상적인 동시에 포르노적인 페드로 페레다도 들어있었다. 그는 한 섬뜩한 이야기의 작가로, 식구들이 기가 막혀 놀라는 가운데 한 여자의 성기와 항문이 각기 그 부분의 조직 전면으로 점차 늘어나거나, 아니면 점차 적당히 열린다는 이야기이다(그 이야기는 1920년대를 배경으로 하고 있지만, 1970년대나 1990년대를 배경으로 했다고 해도 어쨌든 놀라웠을 것이다). 결국 그 여자는 광부들이 들락거리는 북쪽의 사창가로 흘러들어 그곳에 갇히게 되며, 사창가에서도 창문조차 없는 방에 갇혀, 결국에는 뒤틀어지고 흉측한 커다란 〈출입구〉로 변하게 된다. 그러다가 그녀는 사창가의 주인인 마크로족(族) 노인과 다른 창녀들, 소름끼치는 손님들을 살해한 후 마당으로 나와 공기가 그녀를 집어삼킬 때까지 사막을 향해 걸어 들어간다(걷거나 아니면 날아서 갔는데, 그 부

---

1 Enrique Jardiel Poncela(1901~1952). 스페인 작가, 극작가. 지적이고, 비현실적이고, 비논리적인 경향의 작가로 부조리 연극을 추구했다. 이로 인해 당시 자연주의 경향을 지닌 스페인 연극계의 반감을 사기도 했지만, 많은 작품들이 영상화되었다.

분은 페레다가 확실하게 밝히지 않았다).

또한 디에고 소토는 스물한 살에 자살한 벨기에의 젊은 여류 시인인 소피 포돌스키를 번역하려고 노력했고(번역하지 못했다), 『에덴, 에덴, 에덴 그리고 매춘』의 작가인 피에르 기요타를 번역하려고 했고(역시 번역하지 못했다), 스펠링 〈e〉 없이 쓴 추리 소설인 조르주 페렉의 『실종』을 번역하려고 했다. 반세기 전 하르디엘 폰셀라[1]가 모음 없이 글을 써서 빛을 발했던 것처럼 소토 역시 그 방법을 적용해 스페인어로 번역하려고 했다(단지 절반의 성공만 이뤄 냈다). 하지만 스펠링 〈e〉가 없이 〈글을 쓰는 것〉과 〈e〉가 없이 〈번역하는 것〉은 완전히 다른 얘기였다.

소토와 내가 파리에 사는 동안 우리는 결코 만난 적이 없었다. 그 시절 나는 옛 친구들을 만날 상황이 아니었다. 게다가 내가 들은 바에 의하면 소토의 경제 상황은 나날이 좋아졌고, 프랑스 여자와 결혼도 했고, 이어 아들도 한 명 생겼다고 한다(시간 순서가 정확해야 한다면, 그 당시 나는 스페인에 있었다). 그리고 그가 암스테르담에서 칠레 작가들의 모임에도 정기적으로 참석하고, 멕시코와 아르헨티나, 칠레의 여러 시 잡지에 글도 싣는다는 것을 알게 되었다. 심지어 그의 책이 부에노스아이레스나 마드리드에서 출판되기도 했다. 그 후 나는 대학에서 문학을 가르치는 여자 친구를 통해 그가 책읽기와 연구에 전념할 수 있는 경제적이고 시간적인 안정을 얻었다는 사실과 그에게 이미 자식

둘이, 아들 한 명과 딸 한 명이 있다는 것을 알게 되었다. 그는 칠레로 돌아갈 생각은 전혀 없었다. 추측컨대 그는 행복한, 적당히 행복한 남자였다. 나로서는 파리의 안락한 아파트 혹은 근교의 단독 주택에 사는 그의 모습을 상상하기가 전혀 어렵지 않았다. 아이들이 텔레비전을 보고 아내가 요리를 하거나 다리미질을 하는 동안 그는 방음 장치가 된 서재의 침묵 속에서 책을 읽고 있었다. 왜 누군가는 꼭 요리를 하고 있어야 할까? 안 그런가? 아니, 어쩌면 다리미질을 하는 여자는 하녀일 수도 있다. 그게 훨씬 나았다. 포르투갈이나 아프리카 여자. 그래야 소토가 집안일에 죄책감을 느끼지 않고 방음 장치가 된 서재에서 책을 읽거나 글을 쓸 수 있었을 것이다. 물론 그는 절대 다작(多作)하는 사람은 아니었다. 그리고 그의 아내는 아이들의 방과 가까이 있는 자기 서재 혹은 19세기 골동품 책상에서 시험지를 채점하거나, 여름휴가를 계획하거나, 아니면 그날 밤 그들이 볼 영화를 정하기 위해 영화 포스터를 한가로이 보고 있을 것이다.

비비아노에 따르면(그와는 자주 편지를 주고받고 있었다) 소토는 부르주아가 된 게 아니라 늘 부르주아였다. 비비아노는 말했다. 책을 접하려면 어느 정도는 안정이 필요하지. 적당히 부르주아가 될 필요가 있단 말이야. 나만 봐도 그렇잖아. 그는 계속했다 — 나는 갈수록 지긋지긋해지는, 혹은 갈수록 정이 드는 구두

2 스페인 남부 지중해의 휴양 도시.

가게에서 일하고 있지. 실은 나도 잘 모르겠어. 그리고 똑같은 하숙집에서 살고 있지 — 나 역시 소토가 하는 대로 하고 있어(아니면 그렇게 나 자신을 내버려 두고 있든지). 다른 차원이기는 하지만.

한마디로, 소토는 행복했다. 나는 그가 저주에서 벗어났다고 믿었다(아니면 적어도 우리는 그렇게 믿었다. 내가 보기에 소토는 절대 저주를 믿지 않았다).

그즈음 그는 알리칸테[2]에서 열리는 라틴 아메리카 문학 및 비평 강연회에 참석해 달라는 초대장을 받게 되었다.

겨울이었다. 소토는 비행기 타는 것을 끔찍이도 싫어했다. 그는 살면서 딱 한 번, 1973년 말에 칠레의 산티아고에서 베를린으로 여행할 때 비행기를 탔다. 그래서 그는 기차를 탔고 하룻밤을 달린 끝에 알리칸테에 도착했다. 강연회는 주말을 끼고 이틀 열렸다. 하지만 소토는 일요일 밤에 파리로 돌아가지 않고 하룻밤을 더 알리칸테에서 머물렀다. 그가 지체한 이유는 알려지지 않았다. 월요일 아침 그는 페르피냥 기차표를 한 장 구매했다. 여행은 별다른 사건 없이 흘러갔다. 페르피냥 역에 도착하자마자 그는 밤에 파리로 출발하는 기차들을 알아보고 새벽 1시 기차표를 샀다. 오후에는 도시를 거닐었다. 바에도 들어가고, 헌책방에도 들러 제2차 세계 대전 중 사망한 프랑스-카탈루냐 아방가르드 시인인 게라우 데 카레라의 책도 한 권 샀다. 한가로운 시간에는 그날 아침 알리칸테에서 산 문고판 추리 소설을 읽었는데(바스케스 몬탈반?[3] 후안 마드리드?[4]), 알리칸테-페르피냥 구간에서 사춘기 소년처럼 탐닉해 가며 책을 읽었는데도 155페이지가 접혀 있는 걸로 봐서 그 책을 다 끝내지는 못했다.

페르피냥에서 그는 피자 가게에서 식사했다. 그가 고급 레스토랑에 들러 그 유명한 루시용 음식을 맛보지 않았다는 게 이상하지만, 사실이 그랬다. 그는 피자 가게에서 식사를 했다. 부검의의 보고는 명확했고 의심의 여지가 없었다. 소토는 저녁 식사로 채소 샐러드와 푸짐한 카넬로니, 엄청난(하지만 〈정말로〉 엄청났다) 분량의 초콜릿, 딸기, 바닐라, 바나나 아이스크림과 블랙커피 두 잔을 먹고 마셨다. 또한 그는 이탈리아 적포도주도 한 병 마셨다(어쩌면 카넬로니와는 어울리지 않는 와인일 수도 있지만, 나는 와인에 대해서는 문외한

---

3 Manuel Vázquez Montalbán(1939~2003). 스페인 추리 소설 작가. 페페 카르발도 형사 시리즈로 유명하다.

4 Juan Madrid(1947~). 스페인 추리 소설 작가, 기자, 시나리오 작가.

5 스페인 초현실주의 화가 달리의 의식 속의 꿈이나 환상의 세계를 그림으로 표현했으며, 자신을 미로 속에 갇힌 미노타우로스에 빗대기도 했다.

6 고메스 카리요Enrique Gomez Carrillo(1873~1927)는 과테말라의 문학 비평가이자 작가, 기자, 외교관으로 주로 모더니즘 성향의 글을 썼으며, 세계를 떠돌며 보헤미안적인 삶을 산 것으로 알려져 있다. 베르길리우스Publius Vergilius Mario(B. C. 70~B. C. 19)는 로마의 서사 시인이다. 여기서는 고메스 카리요, 그리고 (소토를 포함한) 라틴 아메리카 사람들을 단테의 『신곡』 속 단테와 베르길리우스의 관계에 빗대고 있다. 『신곡』에서 단테가 베르길리우스의 안내로 지옥과 연옥과 천국을 여행하듯, 라틴 아메리카 사람들에게는 고메스 카리요가 단테의 베르길리우스와 같은 존재라는 의미이다.

이다). 식사 중 그는 「르 몽드」지와 추리 소설을 번갈아 가며 읽었다. 그는 밤 10시쯤 피자 가게를 나왔다.

여러 증언들에 의하면 그는 자정 무렵 기차역에 모습을 드러냈다. 기차 출발 시간까지 한 시간 정도 남아 있었다. 그는 역 바의 카운터에서 커피 한 잔을 마셨다. 한 손에는 여행 가방을, 다른 손에는 카레라의 책, 추리 소설 그리고 「르 몽드」지를 들고 있었다. 그에게 커피를 내온 웨이터에 의하면 그는 취해 있지 않았다.

그는 그 바에 10분 이상 머물지 않았다. 한 직원이 플랫폼으로 걸어가는 그를 보았다. 천천히 걷기는 했지만 힘차고 확신에 찬 발걸음이었다. 절대로 취한 상태는 아니었다. 달리가 말하던 열려 있는 구불구불한 길들 사이[5]에서 그가 길을 잃었다고 추측된다. 그가 원했던 바로 그것, 길을 잃는 것. 페르피냥 역의 장엄한 위엄 속에서 1시간 동안 길을 잃는 것. 달리가 자신이 숨어 있지 않으면서도 숨어 있다고 꿈꿨던 그 여정을 (수학적인? 천문학적인? 신화적인?) 역의 경계에서 걷는 것. 사실은 그저 여행객처럼 이리저리 걸었을 것이다. 콘셉시온을 떠난 후부터 줄곧 여행객 신세가 아니었던가. 당황하며 절망하는 라틴 아메리카 사람들이었지만(고메스 카리요는 우리의 베르길리우스이다),[6] 어쨌든 다른 이들과 다를 바 없는 여행객이었다.

그 후 일어난 일은 애매모호하다. 소토는 대성당 혹은 거대한 안테나라 할 수 있는 페르피냥 기차역에서 길을 잃는다. 겨울이었고, 시간대와 추위 때문에, 새벽

1시에 떠나는 파리행 기차의 출발 시간이 임박했음에도 역은 거의 텅 비어 있다. 사람들 대부분은 바 또는 역 대기실에 있다. 소토는, 어떻게 된 건지는 모르겠지만, 어쩌면 목소리에 이끌려, 멀리 떨어져 있는 어느 홀에 도착하게 된다. 그곳에서 그는 신나치 젊은이 세 명과 바닥에 있는 꾸러미 하나를 보게 된다. 젊은이들은 꾸러미를 부지런히 발로 걷어찬다. 소토는 그 꾸러미가 꿈틀거리고, 누더기 천들 사이에서 손 하나가, 믿기 어려울 정도로 지저분한 팔 하나가 나온 것을 발견하고서 온몸이 마비된 듯 문가에 서 있다. 노숙자는, 여자였기에, 울부짖는다. 더 이상 나를 때리지 말아요. 그 비명은 칠레 작가에게만 들릴 뿐 그 누구도 신경쓰지 않는다. 아마도 그의 두 눈은 눈물로, 자기 연민이 어린 눈물로 그렁거렸으리라. 그는 자신의 운명을 찾았음을 직감했기에. 삶은 텔켈[7]과 울리포[8] 사이에서 다양한 사건들의 페이지를 결정하고 선택한다. 어찌 됐든 그는 문 앞에 여행 가방과 책들을 떨어뜨리고 나치 젊은이들을 향해 나아간다. 그들과 싸우며 뒤엉키기 전에 그는 스페인어로 욕설을 퍼붓는다. 적의 가득

---

7 *Tel Quel*. 1960년에 포스트구조주의자들이 창설한 프랑스의 아방가르드 문학 계간지. 주요 평론가 및 작가로는 롤랑 바르트와 자크 데리다, 줄리아 크리스테바, 필리프 솔레르 등을 들 수 있다.

8 OULIPO는 프랑스어 *Ouvroir de Littérature Potentielle*(잠재적 문학 작업실)의 약자로, 문학과 수학을 접목시키고자 한 실험적 문학 운동 단체이다. 특이한 형식과 말장난, 수학 공식, 복잡한 틀 등을 적용시킨 문학 작품을 즐겨 쓰며, 구속이 상상력에 더욱 자극이 된다고 생각해 형식적 제한을 받으면서도 내용이 제대로 성립되는 글을 쓰는 것을 문학적 도전으로 삼는다.

한 칠레 남부 스페인어로. 나치 젊은이들은 소토를 칼로 찌르고 도망친다.

그 소식은 카탈루냐의 일간지들에 아주 짤막한 기사로 실렸지만 나는 비비아노의 편지를 통해 알게 되었다. 거의 형사 보고서 못지않게 꽤 장황한 편지로, 그에게서 받은 마지막 편지였다.

처음에는 비비아노에게서 더 이상 편지가 오지 않아 심기가 불편했다. 하지만 내가 그에게 거의 답장을 보내지 않았다는 점을 감안하면 그게 오히려 당연한 것 같아 앙금은 남지 않았다. 몇 년 후 나는 비비아노에게 들려주고 싶은 이야기 한 편을 알게 되었다. 물론 그 당시에는 더 이상 어디로 편지를 보내야 할 지도 몰랐다. 또 다른 후안 스테인의 이야기가 우리의 후안 스테인 이야기와 비슷했듯이, 페트라의 이야기는 어느 면에서 소토의 이야기와 비슷했다. 페트라의 이야기는 옛날이야기처럼 얘기해야 할 것 같다. 옛날 옛적에 칠레에 가난한 아이가 한 명 살았다……. 아이의 이름은 로렌소였다. 그런 것 같다. 확실하지는 않다. 나는 그의 성도 잊어버렸지만 많은 이들이 기억할 것이다. 그는 나무 위나 고압 전류가 흐르는 전신주에 올라가 노는 걸 좋아했다. 어느 날 그는 전신주에 올라갔다가 심하게 감전되어 양팔을 잃었다. 거의 어깨 위치까지 양쪽 팔을 절단해야 했다. 그렇게 로렌소는 칠레에서 두 팔 없이 자랐고, 그 자체만으로도 그의 상황은 상당히 불리했다. 하지만 그것도 모자라 피노체트 시대의 칠레에서 자란 바람에 불리한 상황마저 절망적인 상황이 되어버렸다. 하지만 그게 전부가 아니었다. 곧 그는 자신이 동성애자라는 사실을 알게 되었고, 그것은 절망적인 상황을 상상도 할 수 없고, 말로 표현할 수도 없는 상황으로 만들었다.

이 모든 조건들 때문에라도 로렌소가 예술가가 된다고 해도 이상할 건 없었다. (달리 무슨 일을 할 수 있겠는가?) 하지만 가난하고, 두 팔도 없고, 게다가 게이인 경우 제3세계에서는 예술가가 되는 게 힘들다. 그래서 로렌소는 한동안 다른 일에 전념했다. 그는 열심히 공부하고 배웠다. 거리에서 노래를 부르기도 했다. 그리고 사랑도 했다. 그는 구제할 수 없는 낭만주의자였다. 그의 환멸(굴욕이나 멸시, 치욕은 말할 것도 없이)은 끔찍했으며, 어느 날 — 하얀 돌로 표시해 둔 날 — 자살하기로 결심했다. 특히나 서글펐던 어느 여름날 저녁, 태양이 태평양으로 사라질 때, 로렌소는 자살 후보자들에게 독점 예약된 바위에서 바다를 향해 몸을 던졌다(칠레 연안 구석구석의 바위가 이런 가치가 있다고 할 수 있다). 그는 두 눈을 뜬 채 돌멩이처럼 가라앉으며, 점점 시커메지는 물과 자기 입술에서 나오는 거품들을 보았다. 그러고는 자기 의지와는 달리 양발을 움직여 수면 위로 떠올랐다. 파도 때문에 바닷가는 보이지 않았고, 오직 바위들 그리고 멀찌감치 유람선과 고깃배 몇 척의 돛대들이 보였다. 그러고 나서 그는 다시 가라앉았다. 그는 이번에도 눈을 감지 않았다. 그는 마지막 순간을 붙잡아 두기 위해 침착하게(마취된 사람처럼 침착하게) 고개를 돌려 눈으로 뭔가를, 뭐라도 상관없지만 아름다운 것을 찾았다. 하지만 어둠은 그 어떤 것도 그와 함께 심연으로 내려가지 못하도록 훼방 놓았고, 그는 아무것도 보지 못했다. 그 순간 그의 삶이, 전설처럼 얘기하자면, 그의 눈앞에 영화처럼 펼쳐졌다. 몇몇 파편들은 흑백 영화였고, 나머지는 컬러 영화였다. 불쌍한 어머니의 사랑, 불쌍한 어머니의 자부심, 칠레의 가난한 동네에서 모든 것이 실 한 줄에 매달려 있는 것처럼 보이는 순간 그를 꼭 부둥켜안은 불쌍한 어머니의 고단함(흑백), 전율, 그가 침대에 오줌을 지린 밤들, 병원들, 시선들, 시선들의 동물원(컬러), 얼마 되지 않는 가진 것을 나눠 갖는 친구들, 우리를 위로해 주는 음악, 마리화나, 믿을 수 없는 곳들에서 드러나는 아름다움(흑백), 공고라의 소네트처럼 완벽하면서도 짧은 사랑, 단 한 번밖에 살지 않는다는 숙명적인(하지만 그 숙명 안에서 분노하는) 확신. 그는 느닷없이 용기를 내며 죽지 않겠다고 결심했다. 그는 지금 아니면 안돼, 라고 말하고 다시 수면 위로 올라왔다고 한다. 그에게는 올라오는 길이 끝도 없이 길었고, 물 위에 떠 있는 것조차 거의 견디기 힘들 지경이었지만 일단은 해냈다. 그날 오후 그는 두 팔 없이도 장어나 뱀처럼 헤엄치는 법을 배웠다. 그가 말했다. 이렇게 사회 정치적으로 민감한 시기에 자살한다는 것은 어리석고 괜한 짓이야. 차라리 비밀스러운 시인으로 변하는 게 낫지.

그때부터 그는 그림을 그리기 시작했고(입과 두 발로), 춤을 추기 시작했고, 시와 연애편지를 쓰기 시작했고, 악기를 연주하고 노래를 작곡하기 시작했고(어느 사진 한 장은 우리에게 그가 발가락으로 피아노를 연주하는 모습을 보여 준다. 예술가는 카메라를 바라보며 미소를 머금고 있다), 칠레를 떠나기 위해 돈을 모으기 시작했다.

힘들기는 했지만 그는 마침내 떠날 수 있었다. 당연히 유럽에서의 삶도 그렇게 녹록하지는 않았다. 한동안, 어쩌면 몇 년 동안(물론 나와 비비아노보다 젊고, 소토와 스테인보다 훨씬 젊은 로렌소는 망명의 밀물이 누그러졌을 때 칠레를 떠났다) 그는 네덜란드(그가 사랑하는)와 독일, 이탈리아의 도시들에서 거리의 악사와 춤꾼으로 생계를 유지했다. 그는 북아프리카와 터키, 아프리카의 이민자들이 모여 사는 동네에서 하숙했고, 행복했던 얼마 동안은 그가 차거나 아니면 반대로 채여서 관계가 끝나곤 했던 애인들의 집을 전전했다. 그리고 거리에서의 노동으로 점철된 하루를 마친 후면, 게이 바에서 술 몇 잔을 걸치거나 아니면 영화관에서 연속 상영하는 영화들을 본 후, 로렌소는(아니 로렌사는, 그는 이렇게 여성형으로 불리는 걸 아주 좋아했다)

---

9 Blaise Cendrars(1887~1961). 프랑스어로 글을 쓴 시인, 평론가. 한때 세계 각지를 누볐던 모험가로, 행동과 위험으로 가득한 생활을 시로 표현하기 위해 새롭고 힘찬 표현 양식을 창조했다.

자기 방에 틀어박혀 그림을 그리거나 글쓰기에 전념했다. 그의 삶 가운데 그는 오랜 기간 혼자 살았다. 몇몇 사람들은 그를 〈수도승 곡예가〉라 부르기도 했다. 친구들은 그에게 용변을 본 후 어떻게 밑을 닦는지, 과일 가게에서 어떻게 돈을 내는지, 어떻게 돈을 버는지, 어떻게 요리하는지 물었다. 하느님 맙소사, 어떻게 혼자 살 수 있는지 물었다. 로렌소는 모든 질문들에 대답했고, 대답은 거의 항상 재치 있었다. 재치만 있으면 남자건 여자건 머리를 써서 뭐든 할 수 있었다. 예를 들어, 블레즈 상드라르[9]가 한쪽 팔만 가지고 권투로 가장 노련한 사람을 이길 수 있다면 그가 용변을 본 후 밑을 — 그것도 아주 깨끗하게 — 못 닦을 것도 없었다.

신기하지만 가끔은 소름을 돋게 하는 나라인 독일에서 그는 의수를 구입했다. 진짜 팔 같았고, 무엇보다 공상 과학과 로봇 분위기가 났으며, 의수를 달고 거리를 걸을 때면 사이보그가 된 것 같아 기분이 좋았다. 멀리서 보면, 예를 들어 보랏빛으로 물든 수평선을 등지고 친구를 만나러 걸어갈 때면 진짜 팔이 달린 것 같았다. 하지만 그는 거리에서 일할 때면 의수를 달지 않았고, 의수인 걸 모르는 애인들에게는 자기에게 양팔이 없다는 사실을 가장 먼저 알렸다. 심지어 어떤 애인들은 양팔이 없는 상태를 더 좋아하기도 했다.

웅장한 바르셀로나 올림픽이 열리기 조금 전, 독일로 여행 온 카탈루냐 남자 배우인지 여배우가, 아니면 카탈루냐 배우 단체가 거리에서, 어쩌면 소극장에서 공연하는 그를 보고, 페트라[10]를 연기할 배우를 찾아야 하는 사람에게 그를 추천해 주었다. 페트라는 마리스칼이 디자인한 캐릭터로 곧이어 열리는 장애인 올림픽의 마스코트이자 상징이었다. 마리스칼은 페트라의 의상을 뒤집어쓰고 정신 분열을 앓는 볼쇼이의 발레리노처럼 양발로 재주를 피우는 그를 보고, 내가 꿈꾸던 페트라야, 라고 중얼거렸다고 한다. (마리스칼이 그렇게 간단명료하다고 한다.) 그 후 그들은 얘기를 나눴고, 로렌소에게 홀딱 반한 마리스칼은 그가 바르셀로나에 와서 그림을 그리고, 글을 쓰고, 그가 원하는 것은 뭐든지 할 수 있도록 자신의 스튜디오를 제공했다. (그가 그렇게 너그러웠다고 한다.) 사실, 로렌소인지 로렌사는 장애인 올림픽 기간 동안 충분히 행복했기에 마리스칼의 스튜디오가 필요 없었다. 첫날부터 그는 언론의 사랑을 받았으며 인터뷰가 쏟아졌다. 바로 다름 아닌 코비가 페트라 때문에 빛이 바랠 정도였다. 그 당시 나는 간이 망가져 바예 에브론 데 바르셀로나 병원에 입원해 있었고, 매일 두세 개의 신문들을 읽으며 그의 승리와 입담, 일화를 접하게 되었다. 나는 가끔 그의 인터뷰들을 읽으며 웃느라 자지러지기도 했다. 또 가끔은 울기도 했다. 또 그를 텔레비전에서 보기도 했다. 그는 자신의 역할을 아주 제대로 해내고 있었다.

10 페트라는 1992년 바르셀로나 올림픽 마스코트였던 코비의 친구로 같은 해 열린 장애인 올림픽의 마스코트이며, 스페인 디자이너 하비에르 마리스칼Javier Mariscal이 디자인했다. 양팔이 없는 소녀의 모습이다.

3년 후 나는 그가 에이즈로 사망했다는 것을 알게 되었다. 나에게 그 사실을 전해 준 사람은 그가 독일에 있었는지 남미에 있었는지 확실히 알지 못했다(그 사람은 그가 칠레 사람인지도 몰랐다).

나는 가끔 스테인과 소토를 생각할 때면 로렌소 역시 떠올리지 않을 수 없다.

나는 가끔 로렌소가 스테인과 소토보다 훨씬 훌륭한 시인이었다고 생각한다. 하지만 평소 그들을 생각할 때면, 그들을 함께 떠올리게 된다.

물론 그들을 연결하는 유일한 공통점은 칠레에서 태어났다는 상황이다. 그리고 어쩌면 스테인이 읽었을 수도 있는, 소토는 분명히 읽었을(그는 멕시코에서 출간된 망명과 방황에 대한 긴 사설에서 그 책에 대해 말한다), 책 한 권이다. 무언가를 읽을 때마다 거의 항상 흥분하는 로렌소 역시 그 책을 읽었다(책장을 어떻게 넘겼을까? 혀로, 우리 모두 그러는 것처럼!). 그 책의 제목은 『게슈탈트 치료법』이며, 저자는 독일 나치로부터 도망친 후 대륙 세 곳을 떠돌아다닌 심리학자인 프레데릭 펄스 박사이다. 내가 알기로 스페인에서는 번역되지 않았다.

6

하지만 우리는 원점으로, 카를로스 비더로, 은총의 해였던 1974년으로 돌아가 보도록 하자.

그 당시 비더는 영예의 정상에 올라 있었다. 그가 남극 그리고 칠레의 수많은 도시 창공에서 성공을 거두자, 이제 사람들은 그에게 뭔가 획기적인 것, 뭔가 그럴싸한 것을 수도에서 해볼 것을 요구했다. 새로운 체제와 아방가르드 예술이 절대 반목하는 사이가 아님을 세상에 보여 줄 뭔가를 말이다.

비더는 흔쾌히 달려갔다. 그는 산티아고의 프로비덴시아 지역에 있는 한 동창의 아파트에서 묵었다. 낮에는 카피탄 린드스트롬 비행장으로 훈련 다니며 군인 전용 클럽에서 사교 생활을 하거나 친구들 집에 놀러 갔다. 그곳에서 그는 친구들의 여동생이나 사촌 누이, 여자 친구들을 만났다(아니면 소개받았는데, 이러한 만남에는 늘 강압적인 뭔가가 있었다). 그녀들은 그의 외모와 겉으로 보기에 수줍어하는 듯한 깍듯한 태도는 물론 그의 눈에서 느껴지는 냉랭함과 거리감에 완전히 반했다. 피아 바예가 말한 것처럼 그의 두 눈 뒤로 다른 눈 두 개가 더 있는 것 같았다. 그리고 밤이면 그는 마침내 자유로워져, 아파트의 손님용 방 벽에 자비(自費)로 사진 전시회를 열고자 준비했고, 전시회 개막식은 비행 시 퍼포먼스 날짜와 같은 날로 잡았다.

  몇 년 후 아파트 주인은 비더가 전시하려 했던 사진들을 마지막 순간까지 보지 못했다고 증언하게 될 것이다. 비더의 계획을 듣고 그가 맨 먼저 보인 반응은 당연히 사진들을 전시할 수 있도록 거실을, 집 전체를 내주겠다는 거였지만 비더는 그 제안을 거절했다. 그는 자기 사진에는 작가의 방과 같은 제한적이고 구체적인 공간이 필요하다는 논리를 펼쳤다. 하늘에 글을 쓰고 난 다음에는 비행 시의 에필로그로 시인의 아지트가 적합하다고 — 게다가 매력적일 정도로 역설적이라고 — 말했다. 사진의 성격에 대해서는, 아파트 주인은 이렇게 말했다. 비더는 깜짝 놀라게 해주고 싶어 했으며, 시각적이고 실험적이고 본질적인 시와 같은 순수 예술로 모두를 즐겁게 해줄 거라는 얘기만 살짝 귀띔해 주었을 뿐이라고. 게다가 비더는 그에게서 개막식 날 밤까지는 그는 물론 그 누구도 절대 방에 들어가지 않도록 하겠다는 다짐까지 받았다. 아파트 주인은 확실하게 안심하고 싶으면 방 열쇠를 옷장 어딘가에서 찾아다 줄 수도 있다고 말했다. 비더는 그럴 필요까지는 없다고, 장교의 말 한마디면 충분하다고 말했다. 아파트 주인은 약속을 지키겠다고 엄숙하게 다짐했다.

프로비덴시아의 파티 초청장은 물론 엄격하게 선별되었고, 제한적이었다. 몇몇 조종사들과 젊고 교양 있는 군인들(가장 나이 많은 군인이 소령도 되지 않았다), 아니면 적어도 그럴 거라 믿어 의심치 않는 사람들, 기자 삼총사, 조형 예술가 둘, 한때 아방가르드 추종자였다가 군부 쿠데타 이후 다시 젊은 시절의 열정을 되찾은 듯 보이는 늙은 우파 시인 한 명, 지체 높은 젊은 귀부인 한 명(알려지기로 그 전시회에는 여자 한 명만이, 타티아나 폰 벡 이라올라만이 참석했다고 한다), 그리고 카를로스 비더의 아버지가 참석했다. 그는 비냐 델 마르에 살고 있었으며 건강이 좋지 않은 편이었다.

　모든 것이 불길하게 시작되었다. 에어쇼 당일에는 계곡을 따라 남쪽으로 내려가는 시커먼 먹구름이 찌뿌듯하게 잔뜩 낀 채 날이 밝았다. 몇몇 상관들은 그에게 비행하지 말라고 충고했다. 비더는 불길한 전조에 귀를 기울이지 않았고, 어두침침한 격납고 구석에서 누군가와 말다툼을 벌였다고 한다. 그러고 나서 그의 비행기는 이륙했고, 급회전을 시도하는 모의 비행을 관객들은 감탄보다는 간절한 마음으로 바라보았다. 그는 저공비행과 원형 비행, 역회전을 시도했다. 하지만 연기는 일절 나지 않았다. 몇몇 공군 고위직은 대체 무슨 일인지 의아해했지만 군인들과 그들의 아내들은 마냥 행복해했다. 그 순간 비행기는 높이 날아올라, 폭풍우의 먹구름을 이끌기라도 하듯 도시 위로 천천히 퍼져 가는 거대한 잿빛 구름 속으로 자취를 감췄다.

비더는 고래 배 속의 요나처럼 구름 속을 비행했다. 잠시 동안 에어쇼의 관객들은 그가 위풍당당하게 다시 모습을 드러내길 기다렸다. 소수 몇몇 사람들은 카피탄 린드스트롬 비행장의 임시 관중석에 앉아, 조종사가 시가 아니라 비만 한바탕 쏟아 낼 것 같은 하늘을 유심히 바라보게 해놓고 고의로 자기네를 바람맞힌 것 같아 영 꺼림칙해했다. 그러나 대부분의 사람들은 막간을 이용해 자리에서 일어나 묵직해진 뼈도 풀고, 다리도 펴고, 인사도 나누었으며, 순식간에 원을 그리며 모여들었다가 꼭 누군가는 할 말을 남겨 두게 해놓고 금세 해산되는 무리에 끼어들기도 했다. 그런 곳에서는 최근 소문들, 새로운 직책과 임명, 그리고 나라가 직면하고 있는 가장 절실한 문제들이 도마 위에 올랐다. 가장 젊은 사람들, 가장 열정적인 사람들은 최근 열렸던 파티나 연애담을 열심히 주워섬겼다. 심지어 비더에게 무조건적인 사람들마저 침묵을 지키며 비행기가 다시 나타나길 기다리거나 아니면 혐오스럽게 텅 비어있는 하늘을 수백 가지로 해석하는 대신, 칠레 시와 칠레 예술과는 거의 상관없는 일상생활에 대한 일상적인 얘기를 하며 모여 있었다.

비더는 비행장에서 멀리 떨어진 산티아고의 외곽 지역에서 모습을 드러냈다. 그곳에서 그는 첫 번째 행을 썼다. 〈죽음은 우정이다.〉 그러고 나서 그는 기관차 차고와 버려진 공장들처럼 보이는 곳의 상공을 비행했다. 그동안 그는 거리에서 판지들을 질질 끌고 가는 사람들과 울타리를 기어오르는 아이들, 개들을 알아볼 수 있었다. 왼쪽 9시 방향에서 그는 철로를 사이에 두고 갈라진 거대한 판자촌 두 곳을 보았다. 그는 두 번째 행을 썼다. 〈죽음은 칠레다.〉 그러고 나서 그는 3시 방향으로 회전해 시내 쪽으로 향했다. 곧 대로들, 칙칙한 색상의 칼이나 뱀들이 길게 늘어서 있는 것 같은 목재 골조, 실제 강과 동물원, 가난에 찌든 산티아고인들의 자존심이나 다름없는 건물들이 모습을 드러냈다. 하늘에서 내려다본 도시의 모습은, 비더가 직접 어딘가에 메모로 남겨두었는데, 보이는 것과는 정반대로 조각들이 서로 들어맞지 않는 찢어진 사진과도 같았다. 연결되지 않는 가면, 움직이는 가면이었다. 그는 모네다 궁 위에서 세 번째 행을 썼다. 〈죽음은 책임이다.〉 길 가던 이들 몇몇은 위협적이고 어두컴컴한 하늘 위로 그를, 잘려 나간 시커먼 풍뎅이를 보았다. 그의 말을 해석한 이들은 거의 없었다. 금세 글자들이 바람에 흩날렸기 때문이다. 어느 순간에는 누군가 무전기로 그와 통화를 시도했다. 비더는 무전기에 응답하지 않았다. 11시 방향, 수평선 위로 그는 자기를 데리러 나온 헬리콥터 두 대의 실루엣을 보았다. 그는 헬리콥터들이 다가올 때까지 원을 그리며 비행하다가 1초 만에 그들을 따돌렸다. 비행장으로 돌아오는 길에 그는 네 번째와 다섯 번째 행을 썼다. 〈죽음은 사랑이다〉와 〈죽음은 성장이다〉. 그는 비행장이 시야에 들어오자

〈죽음은 교감(交感)이다〉를 썼지만 장군들과 장군들의 아내들, 장군들의 자제들, 군대 및 민간단체, 종교계 및 문화계 고위 인사들과 관계 당국자들 중 아무도 그가 쓴 글을 읽지 못했다. 하늘에서는 낙뢰가 내리치며 폭풍우가 휘몰아칠 조짐이 보였다. 관제탑에서 한 대령이 그에게 서둘러 착륙하라고 경고했다. 비더는 알았다고 대답한 후 다시 높이 올라갔다. 한순간 아래에 있던 사람들은 그가 다시 구름 속으로 들어가는 줄 알았다. 귀빈석에 있지 않았던 한 대위가 칠레의 시 퍼포먼스는 모두 참사로 끝난다고 말했다. 대부분은 사적이거나 집안일에 해당하는 참사지만 몇몇 참사는 국가적인 대참사로 결말이 나지요. 그때, 산티아고의 다른 쪽 끝에서, 하지만 카피탄 린드스트롬 비행장의 관람석에서 완벽하게 보이는 곳에서 첫 번째 낙뢰가 내리쳤고, 카를로스 비더는 〈죽음은 청결이다〉를 썼지만 제대로 쓰지 못했다. 기상 조건이 너무 나빴던 터라 이미 자리에서 일어나 우산을 펴기 시작한 관객들 중 극소수만이 그가 쓴 것을 이해했다. 하늘 위에는 검은 파편들과 설형 문자, 상형 문자, 아이의 낙서만이 남아 있었다. 물론 몇몇 사람들은 그 글을 이해하고 카를로스 비더가 제정신이 아니라고 생각했다. 비가 내리기 시작했고 사람들은 뿔뿔이 흩어졌다. 한 격납고에서 칵테일파티가 임시로 준비되었고, 늦은 시간에 소나기를 잔뜩 맞은 사람들은 모두들 시장기를 느꼈고 갈증도 났다. 카나페는 채 15분도 되지 않아 동이 났다. 그 비행장의 젊은 신병들이 놀라운 속도로 부지런하게 돌아다니며 서빙을 해 몇몇 부인들의 부러움을 사기도 했다. 몇몇 장교들은 그 시인 조종사가 참 이상하다고 말했지만, 초대받은 사람들 대부분은 국가적으로(심지어 국제적으로) 중요한 사안들을 얘기하며 걱정했다.

한편 카를로스 비더는 하늘에서 자연과 맞서 싸우고 있었다. 틈틈이 초현실주의(혹은 지저분한 스페인어를 구사하는 듯한 극사실주의) 시를 쓰는 친구 몇 명과 기자 두 명만이 빗물이 반짝이는 활주로에서 그를 지켜보았다. 폭풍우로 뒤덮인 소형 비행기의 항로가 제2차 세계 대전을 배경으로 한 영화의 한 장면 같았다. 한편 비더는 자기를 바라보는 관중들이 확연히 줄어들었다는 사실을 모르는 것 같았다.

그는 〈죽음은 나의 심장이다〉라고 썼다. 혹은 썼다고 믿었다. 이어 이렇게 썼다. 〈나의 심장을 받아라.〉 그러고 나서 자기 이름, 〈카를로스 비더〉를 덧붙였다. 비나 번개를 두려워하지 않고. 더욱이 논리가 맞지 않는 것에 대해서도 두려워하지 않고.

그러고 나서 글자를 쓸 수 있는 연기가 더 이상 나오지 않았지만(한참 전부터 기체에서 새어나오는 연기가 글자라기보다는 불이 난 것 같은, 비와 뒤섞여 불이 난 것 같은 인상을 주었다) 그 와중에 이렇게 썼다. 〈죽음은 부활이다.〉 아래에서 계속 자리를 지키고 있던 의리 있는 사람들은 한 음절도 이해하지 못했지만, 비더가 〈무언가〉를 쓰고 있다는 것은 알았다. 그들은 조종사의 뜻을 이해했다. 아니 이해한다고 믿었다. 그리고 비록 자신들이 전혀 이해하지는 못할지언정 유일한 행위를, 미래의 예술을 위한 중요한 이벤트를 거들고 있다는 것을 알았다.

잠시 후 카를로스 비더는 별 탈 없이 착륙했고(그를 본 사람들은 그가 사우나에서 방금 나온듯 땀을 흘리고 있었다고 말한다), 관제탑의 장교 그리고 칵테일파티의 남은 음식들 사이를 여전히 어슬렁거리고 있던 고위 장교들의 질책을 들었다. 그는 선 채로 맥주 한 병을 들이켠 후(아무하고도 말하지 않았고, 쏟아진 질문들에 단음절로 대답했다) 산티아고 퍼포먼스의 두 번째 막을 준비하기 위해 프로비덴시아의 아파트로 출발했다.

어쩌면 앞의 사건들은 모두 그렇게 일어났을 수도 있다. 어쩌면 아닐 수도 있다. 칠레 공군의 장군들이 아내와 동석하지 않았을 수도 있다. 카피탄 린드스트롬 비행장에서 비행 시 퍼포먼스 무대가 펼쳐지지 않았을 수도 있다. 어쩌면 카를로스 비더가 아무에게도 허락을 구하지 않고, 아무에게도 알리지 않고, 물론 이는 훨씬 실현 가능성이 적기는 하지만, 산티아고의 하늘에 시를 썼을 수도 있다. 아직도 하늘에 적힌 글들을 기억하고, 그 뒤로 내려 깨끗하게 해준 비를 기억하고 있는 증인들(공원 벤치에 앉아 하늘을 쳐다보던 한가한 사람들, 창문을 내다보던 외로운 사람들)이 있기는 하지만, 어쩌면 그날 산티아고에 비가 내리지 않았을 수도 있다. 하지만 어쩌면 이 모든 일이 다르게 일어났을 수도 있다. 1974년, 망상이란 그리 드물지 않았다.

그럼에도 불구하고 사진 전시회는 다음과 같이 일어났다.

첫 손님들이 저녁 9시에 도착했다. 사춘기 시절부터 친했지만 만나지 못한 지 한참 되는 친구들이 대부분이었다. 11시에는 스무 명 정도 있었고, 모두 적당히 취해 있었다. 비더가 묵고 있었으며 벽에 사진들을 전시해 친구들에게 공개할 생각이었던 손님방에는 아직 아무도 들어가지 않았다. 몇 년 후『목에 밧줄을 매고』라는, 자서전적이면서 쿠데타 정부 초창기 당시 자신의 행동을 질타하는 성격의 책을 출판하게 될 훌리오 세사르 무뇨스 카노 중위는, 카를로스 비더가 정상적으로(아니 어쩌면 〈비정상적〉일 수도 있었다. 그는 막 세수를 마친 듯한 얼굴로 평소보다 훨씬 침착했고, 심지어 겸손하기까지 했다) 행동했고, 마치 자기 집이라도 되는 듯 손님들을 접대했으며(동료애가 가득했으며, 지나치게 좋았고, 지나치게 이상적이었다, 라고 무뇨스 카노는 쓴다), 오래전부터 만나지 못한 동창들에게 다정하게 인사를 건넸고, 그날 아침 비행장에서 있었던 일들을 대수롭지 않게 얘기했고, 이런 모임에서 흔히 나오는 농담들을 기꺼이 받아 주었다고(가끔은 지나치기도 했고, 솔직히 가끔은 고약한 취향이기도 했다) 쓴다. 가끔 그는 사라져 방에 틀어박혀 있었지만(그리고 이번에는 방문이 정말로 열쇠로 잠겨 있었다) 결코 오래 자리를 비우지 않았다.

드디어 밤 12시 정각이 되자, 그가 거실 한가운데 있는 의자 위로 올라가 조용히 해달라고 한 후, 이제 새로운 예술에 젖어 들 시간이 되었다고 말했다(무뇨스 카노에 의하면 전형적인 말이었다). 그는 압도적이고 확신에 차 있는 평소의 비더로 돌아와 있었다. 그의 두 눈이 육체에서 떨어져 나와 마치 다른 행성에서 바라보고 있는 듯했다. 그러고 나서 그는 자기 방문까지 길을 열어 손님들을 한 사람씩 들여보냈다. 여러분, 한 분씩 들어가십시오, 칠레 예술은 우르르 몰려다니는 걸 용납하지 않습니다. 그 말을 할 때 (무뇨스 카노에 의하면) 비더의 말투에는 장난기가 잔뜩 묻어 있었으며, 왼쪽 눈으로 윙크했다가 다시 오른쪽 눈으로 윙크하며 자기 아버지를 바라보았다. 다시 열두 살로 돌아가 아버지에게 비밀 신호라도 보내는 것 같았다. 아버지는 온화한 얼굴로 아들에게 미소를 지어 보였다.

맨 먼저 들어간 사람은 타티아나 폰 벡 이라올라였다. 여자라는 성별과 충동적이고 변덕스러운 성격으로 볼 때 당연한 일이었다. 타티아나는, 무뇨스 카노가 쓰기를, 군인의 손녀이자 딸이자 누이였으며, 상당히 몰상식하고 독립적인 여자였다. 그녀는 늘 자기가 하고 싶은 대로 했고, 남자들이 수시로 바뀌었으며, 괴상하고 종종 모순되지만 독창적인 의견들을 가지고 있었다. 몇 년 후 그녀는 소아과 의사와 결혼해 라 세레나에서 살며 자식을 6명 두었다. 무뇨스 카노는 가볍게 공포로 물든 애수에 젖어 기억한다. 그날 밤의 타티아나는 아름답고 자신감이 흘러넘치는 소녀였고, 영웅들의 사진 내지는 칠레 하늘에서 찍은 따분한 사진들이 나 보게 될 거라는 얘기에 방으로 들어갔다.

방의 조명은 평소와 똑같았다. 등이 한 개 더 켜져 있는 것도 아니고, 사진을 돋보이게 하기 위해 따로 프로젝터가 설치되어 있는 것도 아니었다. 방은 갤러리가 아닌 그냥 방, 빌린 방, 젊은 청년이 잠시 묵고 있는 방이었다. 물론 누군가 지적했듯이 컬러 조명도 없었고, 침대 아래에 숨겨 둔 카세트에서 흘러나오는 북소리도 없었다. 분위기는 귀에 거슬리는 것 없이 평범하고 일상적이었다.

밖에서는 파티가 계속되고 있었다. 젊은이들은 젊은이답게, 의기양양한 사람답게 마셨으며, 더욱이 칠레인답게 거나하게 마셨다. 무뇨스 카노는 회상한다. 웃음소리가 번져 갔다고. 그 어떤 협박도, 그 어떤 음흉한 기운도 멀리한 채. 어디에선가 삼총사가 그중 한 명의 기타 반주와 함께 서로 얼싸안고 노래를 부르기 시작했다. 몇몇 사람들은 두세 명씩 그룹을 지어 벽에 기댄 채 미래나 사랑을 얘기하고 있었다. 모두 그곳에, 시인 조종사의 파티에 와 있는 걸 만족스러워했다. 그들은 자기들 자신에게, 게다가 카를로스 비더의 친구인 것에 만족스러워했다. 물론 그들은 카를로스 비더를 모두 이해하지 못했고 자기들과 그가 다르다는 걸 알고 있었지만 말이다. 복도에 있던 줄은 시시각각 흩어졌다. 어떤 사람들은 술이 떨어져 더 가지러 갔고,

어떤 사람들은 우정과 영원한 의리를 다시 돈독하게 다지며 무리를 지어 거센 파도처럼 거실로 몰려나갔다가 눈가가 시뻘게진 채 비틀거리며 다시 줄을 서러 돌아왔다. 담배 연기가, 특히 복도에, 엄청났다. 비더는 계속 문기둥에 서 있었다. 중위 두 명이 말다툼을 벌이며 화장실에서 복도 끝 쪽으로 서로 밀치고 당겼다(하지만 겉으로만). 비더의 아버지는 진지하고도 굳건히 줄 서 있는 몇 안 되는 사람들 중의 한 명이었다. 무뇨스 카노는, 그의 고백에 따르면, 불길한 예감이 들어 잔뜩 긴장해서 이리저리 움직였다. 초현실주의자(또는 극사실주의자) 기자 두 명은 집주인과 대화를 나누고 있었다. 무뇨스 카노는 오가던 중 그들이 나누는 얘기를 언뜻 들었다. 그들은 지중해와 마이애미, 뜨거운 바닷가, 낚싯배, 열광적인 여자 등 여행에 대해 이야기하고 있었다.

타티아나 폰 벡은 1분도 지나지 않아 다시 밖으로 뛰쳐나왔다. 그녀는 새하얗게 질려 어찌할 바를 몰라 했다. 모두 그녀를 바라보았다. 그녀는 비더를 바라보다가 — 그에게 뭔가를 얘기하려는 듯 했지만 단어를 찾지 못하는 것 같았다 — 화장실로 가려고 했다. 갈 수가 없었다. 그녀는 복도에서 토했고, 그러고는 혼자 가고 싶다는 이 젊은 여자의 항의에도 불구하고 매너 좋게 집까지 바래다주겠다며 자청하고 나선 장교의 부축을 받아 비틀거리며 아파트를 나섰다.

두 번째로 들어간 사람은 사관 학교에서 비더의 선

생이었던 대위였다. 그는 다시 밖으로 나오지 않았다. 닫힌 문(대위는 들어가면서 문을 살짝 열어 두었는데, 비더는 다시 그 문을 닫았다) 바로 옆에 있던 비더는 점점 흡족해하며 미소를 머금었다. 거실에서는 몇몇 사람들이 대체 타티아나가 무슨 변덕이 생겨 그런 거냐며 서로 묻고 있었다. 취해서 그래, 그게 다야. 무뇨스 카노로서는 주인을 알 수 없는 목소리가 말했다. 누군가 핑크 플로이드의 음반을 틀었다. 누군가 남자들끼리는 춤을 출 수 없다고 말했다. 그건 호모들이나 하는 짓이지, 한 목소리가 말했다. 사람들이 그에게 핑크 플로이드의 음악은 듣기 위한 것이지 춤추기 위한 게 아니라고 대답했다. 초현실주의자 기자들은 자기네들끼리 수군거렸다. 중위가 즉시 창녀들을 찾아가자며 제안했다. 무뇨스 카노는 그 순간 그들이 어두운 밤에 들판 한복판에 와 있는 기분이었다고, 적어도 목소리들이 이런 특별한 분위기를 떠올리게 했다고 쓴다. 복도의 전반적인 분위기는 더욱 좋지 않았다. 치과 대기실에 와 있는 듯 거의 아무도 말하지 않았다. 하지만 〈썩은 치아들〉(원문 그대로임)이 서서 기다리는 치과 대기실을 대체 어디서 봤단 말인가?, 무뇨스 카노는 자문한다.

비더의 아버지가 마법을 깼다. 그는 자기보다 앞에 서 있던 장교들을 세례명으로 부르며 정중하게 길을 열고 방 안으로 들어갔다. 아파트 주인이 그의 뒤를 따라 들어갔다. 아파트 주인은 거의 곧바로 다시 밖으로 튀어나와 비더를 마주 보았다. 한순간 그를 때리려는 것 같았다. 그는 비더의 멱살을 움켜쥐었다가, 곧 등을 돌리고 술을 찾아 거실로 향했다. 그 순간부터 무뇨스 카노를 비롯한 모든 사람들이 침실로 들어가려고 했다. 그곳에서 그들은 침대 위에 앉아 있는 대위를 보았다. 그는 담배를 피우며, 자신이 이미 벽에서 떼어 낸 타자한 메모들을 읽고 있었다. 침착해 보였지만 담뱃재가 다리 한쪽에 떨어져 있었다. 비더의 아버지는 벽과 방 천장의 일부를 장식하고 있는 수백 장의 사진들을 보았다. 한 사관생도가, 그곳에 그가 왜 있었는지는 아무도 제대로 설명하지 못했는데, 어쩌면 장교들 중 한 명의 동생이었는지도 모르겠지만, 울음을 터트리며 악담을 퍼붓기 시작해 사람들이 억지로 그를 끌어내야 했다. 초현실주의자 기자들은 언짢은 표정을 지었지만 평정을 유지했다. 무뇨스 카노에 의하면 그는 몇몇 사진들에서 가르멘디아 자매와 다른 실종자들을 알아볼 수 있었다. 대부분이 여자들이었다. 사진들의 무대는 거의 그 장소가 그 장소였고, 그리하여 같은 장소였다고 미루어 짐작할 수 있었다. 여자들은 마네킹 같았다. 어떤 경우 사지가 떨어져 나가 훼손된 마네킹 같았다. 물론 무뇨스 카노는 여자들이 사진에 찍힌 순간 30퍼센트 정도는 살아 있었을 거라는 가능성을 제외하지 않는다. 화질은 (무뇨스 카노에 의하면) 대체적으로 좋지 않았다. 그 사진들을 본 사람들이 받은 인상은 지극히 생생했지만 말이다. 사진들이 전시된 순서는 임의적이지 않다. 일정한 선(線)을, 일정한 논리를, 일정한 이야기를(연대기적이랄지 정신적이랄지……), 일정한 계획을 따른 것이다. 천장에 붙어 있는 사진들은 지옥, 그러나 텅 빈 지옥과 흡사하다(무뇨스 카노에 의하면). 네 귀퉁이에 (압핀으로) 붙어 있는 사진들은 혼령과 흡사하다. 광기 어린 혼령. 다른 그룹의 사진들에는 애가적인 톤이 지배적이다(하지만 그런 사진에 어떻게 〈그리움〉과 〈애수〉가 있을 수 있단 말인가?, 무뇨스 카노는 자문한다). 상징들은 많지 않지만 상당히 암시적이다. 프랑수아 그자비에 드 메스트르[1](조셉 드 메스트르의 동생)의 책인 『상트페테르부르크의 밤들』의 표지 사진. 대기 중으로 스러질 듯한 젊은 금발 머리 여자를 찍은 사진. 작은 구멍들이 무수히 나 있는 회색 시멘트 바닥에 내던져진, 잘린 손가락의 사진.

첫 굉음이 들린 후 순식간에 모두 잠잠해졌다. 고압 전류가 방을 가로질러 우리를 벙어리로 만들었다고, 무뇨스 카노가 자신의 책에서 정신이 맑았던 얼마 되지 않는 순간에 말한다. 우리는 서로 바라보았고 서로 알아보았다. 하지만 실제로 우리는 서로 잘 모르는 사이와도 같았다. 우리는 다른 것 같았다. 우리는 같은 것 같았다. 우리는 우리의 얼굴을 증오했다. 우리의 표정은 몽유병자 혹은 바보의 표정이었다. 몇몇 사람들

---

[1] François-Xavier de Maistre(1763~1852). 군인 출신의 프랑스 작가. 27세 되던 해 6주간 가택 연금이라는 형벌을 받고 자기 방에 갇혀 지내면서 사색한 결과 『내 방 여행』을 쓰기에 이르렀고, 이 책은 훗날 마르셀 프루스트나 도스토옙스키에게 영향을 주었다.

이 작별 인사도 하지 않고 떠나는 동안 아파트에 남기로 한 사람들 사이에서는 묘한 동료애 같은 기운이 감돌았다. 무뇨스 카노는 다음과 같은 기묘한 일화를 덧붙인다. 상당히 민감했던 바로 그 순간, 전화벨이 울리기 시작했다고. 집주인이 움직이지 않아 그가 직접 전화를 받았다. 노인 목소리가 루초 알바레스라는 사람을 찾았다. 여보세요? 여보세요? 루초 알바레스 있습니까? 무뇨스 카노는 아무 대답도 하지 않고 전화기를 집주인에게 건네주었다. 루초 알바레스라는 이름을 아는 사람이 있습니까?, 집주인이 지나치게 길게 뜸을 들인 후 물었다. 노인이, 무뇨스 카노의 추측에 따르면, 다른 얘기를 했을 수도 있다. 혹 루초 알바레스와 관련된 질문을 했을 수도 있다. 아무도 그를 알지 못했다. 몇몇이 웃었다. 뜬금없을 정도로 크게 들린 신경질적인 웃음이었다. 여기는 그런 사람이 살지 않습니다, 집주인은 한참 동안 침묵을 지키며 들은 후 그렇게 말하고, 전화를 끊었다.

사진들이 전시된 방에는 비더와 대위를 제외하고는 이제 아무도 없었고, 아파트에는, 무뇨스 카노에 의하면, 여덟 명 이상은 남아 있지 않았다. 그리고 그들 중에는 비더의 아버지도 있었는데 특별히 충격을 받은 것 같지는 않았다(그는 피할 수 없었거나, 아니면 자기와 상관없는 이유로 어쩔 수 없이 — 어쩌면 자기 의지와 상관없이 — 참석하게 된 사관생도의 파티에 와 있는 듯 행동했다). 사춘기 시절부터 알고 지내던 집주인은 그를 쳐다보려고도 하지 않았다. 파티의 다른 생존자들은 자기들끼리 얘기하거나 수군거렸지만 그가 가까이 오면 조용해졌다. 비더의 아버지가 술이나 따뜻한 차, 부엌에 준비해 둔 샌드위치를 건네며 홀로 침착하게 피하고자 했던 불편한 침묵이었다. 걱정하지 마십시오, 돈 호세, 한 장교가 바닥을 내려다보며 말했다. 하비에리토, 나는 걱정하지 않네, 비더의 아버지가 말했다. 다른 사람이 말했다. 카를로스의 출세에서 이것은 하찮은 걸림돌에 불과합니다. 비더의 아버지는 그가 무슨 말을 하는지 이해하지 못하겠다는 듯 그를 바라보았다. 무뇨스 카노는 다음과 같이 회상한다. 그는 우리에게 인자했다. 그는 벼랑 끝에 있었는데도 이를 깨닫지 못했거나, 신경 쓰지 않았거나, 어설프게 모른 척했다.

잠시 후 비더가 방에서 나와 부엌에서 아버지와 이야기를 나눴고, 아무도 그 이야기를 듣지 못했다. 5분을 넘기지는 않았다. 부엌에서 나왔을 때 두 사람의 손에는 술잔이 들려 있었다. 대위도 술 한 잔 가지러 나왔고, 잠시 후 그는 아무도 따라 들어오지 말라고 경고한 후 다시 사진들이 전시된 방으로 들어갔다. 대위의 지시에 따라 한 중위가 파티에 참석한 모든 사람들의 이름을 리스트로 작성했다. 누군가는 맹세를 다짐했고, 또 누군가는 신중함과 신사의 명예를 들먹이기 시작했다. 기사단의 명예. 그때까지 잠자코 있던 것처럼 보이던 사람이 말했다. 그리고 누군가는 초현실주의자

기자 둘을 가리키며 기분 나빠하면서 그렇게 의심해야 할 사람들은 군인이 아니라 민간인이라며 항의했다. 대위가 대답했다. 이분들은 자신들에게 뭐가 유리한지 아시는 분들입니다. 초현실주의자들은 서둘러 그의 말이 옳다며, 사실 그곳에서는, 세상 사람들이 알기로 아무 일도 일어나지 않았다고, 그러니 굳이 상기시킬 필요가 있겠느냐고 말했다. 그러고 나서 누군가 커피를 준비했고, 훨씬 나중에, 하지만 날이 밝으려면 아직 한참 남았을 때, 군인 세 명과 민간인 한 명이 자신들을 정보부 직원이라고 밝히며 나타났다. 프로비덴시아의 아파트에 있던 사람들은 그들이 비더를 체포하러 왔다고 생각하며 문을 열어 주었다. 처음에는 존경과 약간 두려움이 뒤섞인 마음으로 정보부 직원의 도착을 받아들였지만(특히 기자 둘의 경우), 그들이 자기네 일만 열심히 하며 아무 말도 하지 않고 아무 일도 일어나지 않은 채 몇 분이 흐르자, 파티의 생존자들은 그들이 청소하러 느닷없이 들이닥친 청소부라도 되는 듯 이제 신경도 쓰지 않았다. 모두에게 지나칠 정도로 길게만 느껴진 시간 동안 정보부 직원들과 대위는 비더와 함께 방 안에 들어가 있었다(비더의 친구들 중 한 명이 〈그를 정신적으로 지지하기 위해〉 방 안으로 들어가려 했지만, 민간인 복장을 한 이가 어리석은 짓 하지 말고 일하게 내버려 두라고 했다). 그러고 나서 닫힌 문 뒤로 원망과 욕설이 여러 번 반복해 들려왔고, 그 후에는 침묵만이 흘렀다. 한참 후 정보부 직원들은 그곳에 왔을 때처럼 조용히 떠났다. 그들은 집주인이 찾아온 구두 상자 3개에 전시회 사진들을 가득 담아 갔다. 대위가 그들을 따라나서기 전에 말했다. 자, 여러분, 잠을 좀 자두고 오늘 밤 일은 모두 잊는 게 좋겠습니다. 중위 두 명은 부동자세를 취했지만 다른 사람들은 규율이나 격식을 차리기에는 너무 지쳐 그에게 잘 자라는 (아니면 이미 날이 밝아 오고 있었으니 잘 잤냐는) 인사도 하지 못했다. 대위가 문을 쾅 닫고 나간 바로 그 순간, 아무도 감지하지 못한 유머러스하고 사소한 행동인데, 비더가 방에서 나와 아무에게도 눈길을 주지 않은 채 응접실을 가로질러 창가에 이르렀다. 그는 커튼을 열고(아직 밖은 어두웠지만 저 멀리, 산 쪽에서는 희미한 빛이 보였다) 담배에 불을 붙였다. 카를로스, 무슨 일이니?, 비더의 아버지가 물었다. 비더는 아무 대답도 하지 않았다. 한순간 아무도 말을 하지 않을 것처럼 보였다(그들 모두 비더의 얼굴을 응시한 채 즉시 잠들어야 할 것만 같았다). 거실은, 무뇨스 카노가 기억하기에, 병원 대기실 같았다. 자네 구속된 건가?, 마침내 아파트 주인이 물었다. 그런 것 같아. 비더가 모든 사람들을 등진 채 산티아고의 불빛들을, 산티아고의 희미한 불빛들을 바라보며 대답했다. 그의 아버지는 자기가 하려는 행동을 선뜻 하지 못하는 듯 분노를 억누르며 천천히 다가와, 마침내 그를 꼭 끌어안았다. 비더가 응하지 않은 짧은 포옹. 사람들은 오버액션이 심해, 초현실주의자 기자들 중 한 명이 말했다. 입 닥쳐, 아파트 주인이 말했다. 우리는 이제 어떡하지?, 중위가 물었다. 늘어지게 자는 거지, 아파트 주인이 말했다.

무뇨스 카노는 다시는 비더를 보지 못했다. 그럼에도 불구하고 그에 대한 마지막 장면은 지울 수 없었다. 어질러진 큰 거실, 병들, 접시들, 꽉 찬 재떨이들, 창백하게 질려 피곤해 보이던 사람들, 그리고 창문 바로 옆에서, 피곤한 기색 없이, 전혀 떨리지 않는 한 손으로 위스키 잔을 든 채 야경을 바라보던 카를로스 비더.

7

 그날 밤 이후 카를로스 비더에 대한 소식들은 모호하고 모순된다. 그의 모습은 안개에 휩싸여 간혹 칠레 문학의 주요 선집에서 드러났다가 곧 자취를 감춘다. 그가 정장을 입고 참석한 한밤중의 비밀 재판에서 공군에서의 제명이 결정되었을 거라 짐작된다. 물론 그의 무조건적인 팬들은 그가 새까만 해적 망토를 두르고 외알 안경을 쓰고 상아로 만든 길쭉한 배에 올라 담배를 피우며 모습을 드러냈을 거라 상상하고 싶을 것이다. 그의 세대 가운데 상당히 엉뚱한 정신세계를 가진 사람들은 산티아고와 발파라이소, 콘셉시온에서 그를 보게 된다. 그곳에서 그는 잡다한 업종에 종사하며 기이한 예술 사업에 참여한다. 그는 이름을 바꾼다. 우리는 수명이 짧은 여러 문학잡지 뒷면에서 그의 그림자를 분간해 냈다고 믿는다. 그가 절대 실행되지 않을, 더 심각한 경우 비밀리에 실행될 〈해프닝〉들의 계획안을 싣게 되는 잡지들 말이다. 한 연극 잡지에 1막짜리 짧은 작품이 등장한다. 아무도 모르는 옥타비오 파체

코라는 사람이 서명한 작품이다. 작품은 극단적일 정도로 별나다. 이야기는 사디즘과 마조히즘이 아이들의 놀이가 되는 샴쌍둥이 형제의 세계를 배경으로 펼쳐진다. 이 세상에서는 죽음만이 처벌을 받게 되며, 형제는 특히 죽음에 대해 — 존재하지 않는 것에 대해, 무(無)에 대해, 이승 후의 삶에 대해 — 작품 내내 이야기하게 된다. 한동안(아니면 작가의 말처럼 일정한 주기(週期) 동안) 각기 자신의 샴쌍둥이를 고문하고, 그 기간이 지나면 거꾸로 고문받던 사람이 고문하는 사람으로 바뀌게 된다. 하지만 이런 일이 벌어지려면 〈바닥을 쳐야 한다〉. 쉽게 상상할 수 있듯 이 작품은 잔인함의 갖가지 변형된 형태를 독자에게 아낌없이 보여준다. 그들의 행동은 샴쌍둥이의 집과 슈퍼마켓 주차장에서 벌어지며, 그곳에서 그들은 갖가지 상처 자국과 꿰맨 자국을 과시하는 다른 샴쌍둥이와 마주친다. 당연히 이 작품은 샴쌍둥이 한 명의 죽음이 아닌 새로운 고통의 순환과 함께 결말이 난다. 작품의 주제는 물론 〈고통〉이다. 고통만이 삶을 묶어 두고, 고통만이 삶을 〈폭로〉할 수 있다는 것이다. 한 대학 학보에 〈제로 입〉이라는 제목의 시 한 편이 나타난다. 겉으로 보면 클레브니호프를 어색하고 촌스럽게 모방한 것 같은 그 시는 〈입이 제로인 순간〉을(다시 말하면 입이 제로나 모음 o처럼 될 때까지 가능한 한 가장 크게 벌린 것을 그린 행위) 그린 작가의 그림 세 장과 함께 실려 있다. 서명은 또다시 옥타비오 파체코의 것이지만, 비비아노 오리안은 국립 도서관의 기록 보관소에서 아주 우연히 그 작가의 공공 보관함을 발견하게 된다. 그곳에는 비더의 비행 시들과 파체코의 극작품, 그리고 서너 가지 이름으로 서명되어 거의 유포되지 않은 잡지들에 실린 텍스트들이 함께 놓여 있다. 몇몇 잡지들은 거의 체계도 없이 만든 싸구려 잡지들이고, 몇몇 잡지들은 종이도 좋고 사진들도 잔뜩 실린데다가 디자인도 괜찮은 호화판이다(한 잡지에는 비더의 각 비행 날짜와 함께 거의 모든 비행 시가 실려 있다). 잡지들의 출처도 다양하다. 아르헨티나, 우루과이, 브라질, 멕시코, 콜롬비아, 칠레. 잡지의 이름들은 의도적이라기 보다는 전략적이다. 〈하이버니아〉,[1] 〈게르마니아〉, 〈폭풍우〉, 〈아르헨티나의 독일 제4제국〉,[2] 〈철 십자가〉, 〈과장은 이제 그만!(부에노스아이레스의 팬진)〉, 〈이중 모음과 약음절〉, 〈오딘〉,[3] 〈가수들의 욕설 Des Sängers Fluch(80퍼센트가 독일어로 공동 제작되었고 3개월마다 정기적으로 발행되는 잡지로, 1975년 2분기에 출간된 4호에 《칠레 SF 작가》 K. W.라는 사람과의 《정치적이고 예술적인》 인터뷰가 실려 있다. 인터뷰에서 그는 앞으로 출간될 작품이자 첫 소설의 줄거리 일부를 귀띔한다)〉, 〈선별된 공격들〉, 〈조합〉, 〈목가 시와 도시 시(콜롬비아 잡지로, 다음과 같은 작품들에 관심을 보였던

---

1 Hibernia. 〈아일랜드〉를 의미하는 라틴어.
2 남미에서 독일 나치의 부흥을 꿈꾸는 단체.
3 Odin. 북유럽 신화에 등장하는 최고의 신. 폭풍의 신, 군신, 농경의 신, 사자(死者)의 신이었다.

유일한 매체다. 잔인하고, 파괴적이고, SS라는 상징과 마약, 범죄, 약간 〈비트〉풍의 시 운율과 원근 화법을 사용하는 젊은 중산층 오토바이족들의 시)〉, 〈화성의 해안들〉, 〈백색 군대〉, 〈돈 페리코〉……. 비비아노의 놀라움은 실로 엄청나다. 이 잡지들에서 그는 1973년에서 1980년 사이에 모습을 드러낸, 적어도 7명의 칠레 여자들을 만나게 된다. 칠레 문학 무대에서 벌어지는 일은 모두 꿰뚫고 있다고 믿었던 그가 그녀들의 존재에 대해서는 전혀 알지 못했던 것이다. 1979년 4월 『육질(肉質)의 해바라기들』 1호에서 비더는 마사노부라는 가명으로〔사무라이를 떠올릴 수 있겠지만, 아쿠무라 마사노부(1686~1764)라는 일본 화가가 떠오른다〕 유머에 대해, 우스꽝스러운 것의 의미에 대해, 문학에 대해 유혈이 낭자하건 낭자하지 않건 한결같이 잔인한 농담들에 대해, 사적이고 공적인 기괴함에 대해, 우스운 것에 대해, 쓸데없이 도가 지나친 언동에 대해 말한다. 그리고 아무도, 〈절대적으로 아무도〉 조롱 가운데 태어나, 조롱 가운데 자라, 조롱 가운데 죽는 이류 문학의 심판관임을 자처할 수 없다고 결론짓는다. 작가들은 모두 기괴하다, 라고 비더는 쓴다. 부유한 가족의 품에서 태어난 작가들과 노벨 문학상을 수상한 작가들까지 포함해 모든 작가들은 〈비참하다〉. 또한 비비아노는 『후안 사우어와의 인터뷰』라는 제목이 달린 밤색 표지의 8절지짜리 얇은 책 한 권을 발견하게 된다. 그 책에는 〈아르헨티나의 독일 제4제국〉 출판사의 인장이

찍혀 있고, 주소와 출판 연도는 나와 있지 않다. 얼마 지나지 않아 비비아노는 인터뷰에서 사진이나 시에 대한 질문들에 답하던 후안 사우어가 카를로스 비더라는 것을 알게 된다. 횡설수설하는 기나긴 독백과도 같은 대답들 가운데 그의 예술론이 담겨 있었다. 비비아노에 의하면, 실망스럽게도, 비더가 안 좋은 시기를 거치고 있고, 그가 한 번도 누려 보지 못한 평범함과 〈국가의 보호를 받으며, 그렇게 문화를 보호하는〉 칠레 시인의 신분을 그리워하는 것 같았다. 발파라이소 거리에서 양말과 넥타이를 파는 비더를 봤다고 말하는 사람들에게 믿음을 주려는 것 같아 역겨웠다.

한동안 비비아노는 시간이 될 때마다, 늘 극도의 신중을 기하며 도서관에서 아무도 찾지 않는 그 보관함을 흘끔거린다. 그는 얼마 지나지 않아 그 보관함에 새로운(물론 종종 실망스러운) 기증물들이 들어온다는 사실을 확인한다. 며칠 동안 비비아노는 미꾸라지처럼 빠져 다니는 카를로스 비더를 찾아낼 열쇠를 거머쥐었다고 믿지만, (그가 편지에서 나에게 고백하기를) 그는 두려웠고, 일을 너무나도 신중하고 조심스럽게 처리하다 보니 거의 아무 일도 하지 않은 것처럼 되어 버린다. 그는 비더를 찾기를 바랐고 만나기를 원했지만 비더의 눈에 띄는 것은 원치 않았고, 그의 가장 끔찍한 악몽은 어느 날 밤 비더가 〈자기를 찾아낼지도〉 모른

---

4 장미십자회. 15세기에서 17세기 사이에 활동하던 비밀 종교 단체로 오늘날의 세계적인 민간단체 프리메이슨과 관계가 있다.

다는 것이다. 드디어 비비아노는 두려움을 극복하고 매일 도서관에 출근한다. 비더는 흔적조차 없다. 비비아노는 한 직원에게 물어보기로 한다. 체구가 작은 노인으로, 출간되었건 출간되지 않았건 〈모든〉 칠레 작가들의 업적과 행적들을 훤하게 꿰뚫는 게 가장 큰 소일거리인 사람이다. 그는 비정기적으로 비더의 자료 보관함을 채워 주는 사람이 아마도 비더의 아버지로, 비냐 델 마르에 사는 정년퇴직자인 그에게 작가가 자신의 작업물들을 모두 우편으로 보내 준다고 비비아노에게 귀띔한다. 이러한 발견에 힘을 얻은 비비아노는 다시 비더의 작품들을 파헤쳐, 처음에 비더의 가명들일 거라 생각했던 몇몇 작가들이 절대 그렇지 않다는 결론에 이르게 된다. 실제로 존재하는 작가들이거나, 아니면 비더가 아닌 다른 작가가 사용한 가명이며, 비더가 자기 작품이 아닌 남의 작품들을 가지고 아버지를 속였거나, 아니면 그의 아버지가 다른 사람의 작품을 가지고 자기 자신을 속인 거라는 결론에 이르게 된다. 결론(잠정적이지만 어느 정도 확실한 결론이야, 비비아노가 밝힌다)이 너무 슬프고 암울해, 비비아노는 앞으로 자신의 감정적인 균형과 육체적인 건강을 지키기 위해 비더의 이력을 계속 파헤치기는 하겠지만, 절대 개인적인 접근은 시도하지 않고 멀찌감치 거리를 두기로 한다.

기회야 충분했다. 비더의 전설은 몇몇 문학 모임에서 거품처럼 부풀어 오른다. 그가 로즈크로스[4]가 되었다는 얘기도 있고, 조셉 펠라단[5]의 추종 그룹이 그와 접촉을 시도했다는 얘기도 있고, 『사학(死學) 강의실』의 몇몇 페이지의 암호를 해석한 결과 그가 〈머나먼 남쪽 나라의 예술과 정치에서〉 우뚝 설 거라는 예언 내지는 예측이 나왔다고도 한다. 그가 연상인 여인의 농장에 피신해 독서와 사진에만 매진하며 산다는 얘기도 있다. 그가 마담 VV로 더 유명한 레베카 비바르 비방코의 살롱에 가끔(연락 없이) 나온다는 얘기도 있다. 그녀는 화가이자 극우파로(그녀에게는, 피노체트와 군인들이란 결국 기독 민주당에게 나라를 통째로 넘겨주고 말 물렁한 사람들이다), 아이센 주(州)의 예술가와 군인 공동체의 후원자이며, 칠레에서 가장 오래된 가문의 재산을 흥청망청 탕진하다가 결국 1980년대 중반쯤 정신 병원에 입원했다(그녀의 특이한 작품들 가운데 특히 주목할 만한 것으로는 새 육군 군복 디자인, 그리고 20분짜리 음악 시 작곡이 있다. 15세 청소년들은, 마담 VV에 의하면, 북부의 사막이나 눈 내린 산맥, 남부의 울창한 숲에서 각자의 생년월일과 별자리

---

5 Joseph Peladan(1850~1915). 신비주의자. 1888년 로즈크로스의 카발라 교단을 창시했다.

6 〈태평양 전쟁〉(1879~1883) 또는 〈구아나와 초석 전쟁〉이라 불린다. 19세기 말 칠레, 페루, 볼리비아 3국 사이에 벌어진, 아타카마 사막 일대의 자원을 둘러싼 라틴 아메리카 국가 간의 전쟁이었다. 1881년 1월 17일 칠레 군이 페루의 수도 리마에 입성했고, 1884년 휴전 협정이 맺어진 이후 볼리비아는 내륙 국가가 되었다.

7 Agustín Arturo Prat Chacón(1848~1879) 칠레의 해군이자 변호사. 칠레 최고의 해군 영웅으로 태평양 전쟁 중 에스메랄다 호를 지휘하다 전사했다.

등에 따라 성년식을 치를 때 꼭 이 노래를 불러야 한다). 1977년 말경에는 태평양 전쟁에 대한 게임(전략적인 〈전쟁 게임 wargame〉)이 등장한다. 물론 이는 무난히 초창기 국내 시장을 통과한, 눈에 띄지 않는 광고 캠페인에 불과하다. 게임의 작가는, 알 만한 사람들은 말하기를(그리고 비비아노 오리안은 그들을 반박하지 않는다), 카를로스 비더이다. 1879년부터 칠레가 페루 그리고 볼리비아 연합군과 대치했던 전쟁[6] 전체를 15일 단위로 구성한 이 전쟁 게임은 대중에게 모노폴리보다 훨씬 재미있는 게임으로 소개된다. 물론 게이머들은 그것이 두세 가지 의미로 해석될 수 있는 게임이라는 사실을 곧 알게 된다. 처음에 얼핏 보면 어렵고 판 위에 말들이 가득한, 전형적인 〈전쟁 게임〉이다. 두 번째로 되새겨 보면 신기하게도 전쟁 중 싸움에 임한 지휘관들의 개성과 성격이 드러난다. 예를 들어(그리고 그 시절의 사진들도 덧붙여진다) 아르투로 프라트[7]가 예수 그리스도를 제대로 구현해 냈는지 묻게 되며(그리고 실제로 우리 눈에 프라트로 인식된 사진은 예수 그리스도를 그린 그림들과 상당히 유사하다), 뒤이어 아르투로 프라트 예수 그리스도가 〈우연〉인지 〈상징〉인지 〈예언〉인지 묻게 된다. (그리고 그 뒤를 이어 우아스카르 호(號) 공격의 〈진정한〉 의미와 프라트의 군함 이름인 〈에스메랄다〉의 〈진정한〉 의미, 칠레인 프라트와 페루인 그라우, 두 경쟁자가 실제로는 카탈루냐 사람인 것에 대한 〈진정한〉 의미를 묻게 된다.) 세 번째는 위풍당당한 칠레 군에 합세해서 리마[8]까지 백전백승으로 진군하게 되는 필부들과 식민지 시대에 건축된 자그마한 지하 교회에서 열린 비밀 모임에 관한 것이다. 바로 리마에 위치한 이 교회에서 여러 작가들이 그저 농담조로 〈칠레 종족〉이라 일컬은 것이 시작되었다는 내용이다. 비더로 추정되는 게임의 고안자는 1882년의 어느 칠흑 같은 밤을 정말로 칠레 종족의 〈기원〉으로 믿는 모양이다. 파트리시오 린치[9] 장군이 점령군의 사령관이었던 해다. (또한 린치의 사진들, 그리고 일련의 질문들이 있다. 그의 이름의 의미에서부터 그가 사령관이 되기 전과 된 후에 치룬 전투들의 은밀한 이유들까지 ── 왜 중국인들은 린치를 〈존경할까〉?) 그 게임은, 어떻게 검열을 통과했는지는 모르겠지만 상업화되기에 이르렀고, 어느 정도 기대했던 성공을 거두지 못하고 출판사의 발행인들을 몰락시켰다. 그들은 동일 작가의 게임이 두 개 더 있다고 광고했음에도 불구하고 파산 선고를 하고 만다. 하나는 아라우칸 인디오들과의 싸움에 관한 것이다. 다른 하나는 전쟁 게임이 아니고, 막연하게 산티아고가 연상되지만 부에노스아이레스일 수도 있는(어찌 됐든 메가-산티

---

[8] 페루의 수도.

[9] Patricio Lynch(1824~1886). 칠레 군대의 부제독이자 페루 점령군의 총사령관. 〈페루의 마지막 총독〉이라 불렸다.

[10] 콜디츠는 원래 독일 동부에 있는 고성으로 1백 년 동안 가난한 시민을 위한 구빈원과 정신 병원으로 사용되었지만, 제2차 세계 대전 당시 다른 포로수용소에서 거듭 탈출을 감행한 〈악질〉 연합군 장교들이나 포로들을 수용해 절대 탈출할 수 없는 감옥으로 악명이 높았다.

아고이거나 메가-부에노스아이레스이다) 한 도시를 배경으로 이야기가 펼쳐진다. 추리 소설 줄거리 같지만 심리적인 요소들도 적지 않다. 일종의 영혼의 〈콜디츠 탈출〉[10]이라든가, 인간 조건의 미스터리라든가.

한동안 비비아노 오리안은 결코 세상 빛을 보지 못한 그 두 게임에 집착했다. 내게 편지 쓰기를 그만두기 전 그는 그 게임들이 미국에서 상업화되었는지 문의하고자 그곳에서 가장 큰 어린이 전용 놀이 공간과 접촉했다고 알려 왔다. 그는 회신으로 지난 5년간 〈전쟁 게임〉이라는 장르 아래 미국에서 발표된 모든 게임들이 담긴 30페이지짜리 카탈로그를 받았다. 그는 그 게임을 발견하지 못했다. 훨씬 광범위한 동시에 훨씬 애매한 종류로 분류되는 메가-산티아고의 형사 게임에 대해서는, 단 한마디 없었다.

한편 미국에서 계속된 비비아노의 조사는 게임의 세계에만 국한되지 않았다. 나는 한 친구를 통해 비비아노가 이른바 희귀 문학 작품 수집가와 접촉했다는 사실을 알게 되었다(물론 그 이야기가 사실인지는 잘 모르겠다). 이 수집가는 캘리포니아 주 글렌 엘렌의 필립 K. 딕 소사이어티 소속이기도 했다. 보아하니 비비아노는 자신의 통신원이자 〈문학과 그림, 연극, 영화의 비밀 메시지〉의 전문가인 그 수집가에게 카를로스 비더의 이야기를 했고, 그 미국인은 그 정도의 기인이라면 조만간 미국에서도 사람들의 입에 오르내릴 거라고 생각했다. 그 사람의 이름은 그레이엄 그린우드였고,

미국식으로 단호하고도 전투적으로 악의 존재와 절대악을 믿었다. 그의 독특한 신학 이론에 따르면 지옥은 우연들이 틀처럼 짜여 있거나 사슬처럼 엮여 있었다. 그는 연쇄 살인을 〈우연의 폭발〉이라고 설명했다. 그는 무고한 사람들의 죽음(우리의 마음이 인정하기를 거부하는 모든 것)을 고삐 풀린 우연의 언어라고 설명했다. 악마의 집은, 그가 말하기를, 〈우연〉이고, 〈운〉이었다. 그는 서부 해안이나 뉴멕시코, 애리조나, 텍사스주의 작은 라디오 방송국과 지역 텔레비전의 프로그램에 출연해 자신의 범죄관(觀)을 홍보하기도 했다. 그는 악과 맞서 싸우려면 책 읽는 법부터 배우라고 권했다. 숫자와 색깔, 기호, 작은 물건들의 배치, 텔레비전의 심야나 새벽 프로그램, 잊혀진 영화들을 이해할 수 있도록 읽으라는 거였다. 그렇지만 그는 복수는 믿지 않았다. 그는 사형 제도에 반대했고, 급진적인 감옥 개혁에 찬성했다. 그는 늘 무장하고 다녔으며, 무기를 소유할 수 있는 시민들의 권리를 변론했다. 이는 미국의 파시즘화(化)에 대처할 수 있는 유일한 방법이었다. 그는 악과의 투쟁을 지구의 영역에 국한시키지 않았다. 그의 우주론에서 지구는 가끔 귀양 가는 식민지와 비슷했다. 그가 말했다. 지구 밖의 몇몇 장소에는, 우연이 개입하지 못하고 기억이 고통의 유일한 원천인 해방 구역이 있습니다. 그곳의 주민들은 천사라 불리는 군단이지요. 그는 비비아노보다 덜 문학적인 대신 훨씬 과격하게, 자기가 아는 이해할 수 없는 세상 그 어디든 머리를 들이밀며 살았다. 그가 아는 사람들은 다양했다. 형사, 소수의 권익을 위해 싸우는 투사들, 서부의 모텔로 쫓겨난 페미니스트들, 영화는 절대 만들지 못하면서 영화와 같은 격정적이고 외로운 삶을 살아가는 영화감독과 제작자들. 열광적이지만 대체적으로 신중한 편인 필립 K. 딕 소사이어티의 회원들은 그를 미친 사람으로, 하지만 해는 끼치지 않는 좋은 사람이라고 보는 동시에 딕의 작품에 관한 주목할 만한 전문가라 여겼다. 한동안 그레이엄 그린우드는 기다렸다. 그는 비더가 미국에서 남길 만한 흔적에 촉각을 곤두세웠지만, 아무 성과도 얻지 못했다.

한편, 칠레 시의 주요 선집에 남은 흔적들은 점차 희미해진다. 〈파일럿〉이라는 가명 아래 명이 길지 못한 잡지에 실린 시 한 편은 첫눈에도 옥타비오 파스의 시를 뻔뻔하게 표절한 것 같다. 어느 정도 권위 있는 아르헨티나 잡지에 실린 조금 더 긴 다른 시 한 편은 겁에 질려 집으로부터, 시인의 시선으로부터, 새로이 사랑할 수 있는 방법으로부터 도망친 늙은 인디오 하녀에 대한 것이며, 비비아노에 의하면 끝없이 해석될 수 있다. 그 늙은 하녀는 가르멘디아 자매의 집에 있던 마푸체 하녀인 아말리아 말루엔다를 언급한 것이다. 납치가 있었던 날 밤 그녀는 사라졌고, 실종 사건을 조사하던 가톨릭교회의 성직자들은 물첸 근처나 산타바르바라 근교에서 그녀를 보았다고 맹세한다. 그녀는 칠레 사람과는 절대 말을 섞지 않겠다고 굳게 결심하고

산허리에 있는 농장에서 조카들의 보호를 받으며 살고 있었다. 그 시(비비아노가 사본을 보내 주었다)는 흥미롭지만 아무 사실도 입증하지 못했다. 심지어 비더가 그 시를 쓰지 않았을 가능성도 있다.

모든 정황으로 미뤄 보니 그가 문학을 포기했다는 생각이 든다.

물론 그의 작품은 존속한다. 절망적으로(어쩌면 그가 원하는 대로), 어쨌든 존속한다. 몇몇 젊은이들이 그를 읽고, 그를 재해석하고, 그를 추종한다. 하지만 꿈쩍도 않는 사람을, 보아하니 성공적으로 투명 인간이 되려는 사람을 어떻게 추종한단 말인가?

드디어 비더는 칠레를 떠난다. 그는 마지막 창작물들, 마지못해 한 작업들, 독자에게 그 의미도 제대로 전달되지 않은 모방작들을 이름 이니셜이나 어설픈 가명 아래 실었던 소수 몇몇 잡지들을 떠나 사라진다. 물론 그가 육체적으로 부재(사실 그는 〈항상〉 부재한 인물이었다)했다고 해서 사람들이 그의 작품을 일부러 찾아 열심히 읽고 사색하는 것까지 막지는 못했다.

1986년, 고인이 된 비평가 이바카체의 화장을 계기로 모인 만남에서 비더의 친구가 보낸 것으로 추정되는 편지 한 통의 존재가 밝혀지고(곧 그 소식은 널리 알려졌다), 그 편지는 그의 죽음을 전한다. 편지에서는 문학적인 유언 집행인들이 애매하게 언급된다. 하지만 자기네 이름과 스승의 이름을 깨끗하게 보존하고 싶어 하는 이바카체의 주변 사람들은 그 이야기를 얼버무리고 답장을 보내지 않는다. 비비아노에 의하면 그 소식은 가짜다. 그것은 그들의 스승 못지않게 이미 노망이 든, 죽은 비평가의 추종자들이 조작해 낸 것일 수도 있다.

물론 얼마 후에는 비더가 언급된 이바카체의 책이 『나의 독서들의 독서들』이라는 제목으로 사후 출판된다. 의도적으로 가볍고 친절하게 만든 견본이자 출처가 불확실한 일화집이기도 한 그 책은, 이바카체가 기나긴 비평 여정을 통해 열성과 기쁨을 가지고 주석을 단 작가들의 암호를 해석한 것이다. 그렇게 우이도브로(놀라운)와 네루다(예견할 수 있는), 니카노르 파라(비트겐슈타인과 칠레 대중 시라! 이는 분명 잘 속아 넘어가는 이바카체를 빗댄 파라의 농담이거나, 아니면 미래의 독자들에 대한 이바카체의 농담일 수도 있다), 로사멜 데 바예, 디아스 카사누에바, 그리고 다른 작가들의 책 읽기를 — 그리고 도서 목록을 — 이야기한다. 그런데 그 시인들 중에서 고고학자이자 찬양가인 이바카체의 확실한 적인 엔리케 린이 빠져 있음을 명백히 알 수 있다. 비더는 젊은 작가들 중에서도 가장 젊었다(그에 대한 이바카체의 믿음을 보여주는 대목). 그래서 그의 작품들에 대해 평하는 부분에서 이바카체의 글은 평소의 경쾌하고 친근한 톤을 띠게 되지만 그 톤은 조금씩(잠깐의 휴식도 없이!) 사라지게 된다. 이바카체의 글은 대체적으로 미사여구와 뻔한 이야기로 가득했는데, 이는 항상 자기가 잘났다고 믿는 신문 서평가의 전형다운 면모라 할 수 있다. 그리고 그는 평소 자신의 우상들이나 친구들, 지지자들을 평할 때면 경쾌하고 친근한 톤을 사용했다. 이바카체는 서재의 고독 속에서 비더의 이미지를 고정시켜 보려고 노력한다. 그는 기억을 〈투르 드 포스〉[11]하게 작동시켜 비더의 목소리를, 심리를, 어느 날 밤 한참 통화할 때 언뜻 비췄던 그의 얼굴을 이해해 보려고 노력하지만, 실패한다. 게다가 그 실패는 요란했다. 그의 노트, 산문의 어조를 보면 알 수 있다. 그의 산문은 재치가 넘쳤다가도 현학적이 되고(라틴 아메리카 칼럼니스트들에게서는 흔한 일이다), 현학적이었다가도 서글퍼지고 당혹스러워진다. 이바카체가 비더의 것으로 추정한 읽을거리들은 다양했다. 어쩌면 비평가가 임의로 추정한 이것들은 실제로 그렇다기보다는 〈잘못 끼워 맞춰〉 비더의 작품이 된 것일 수도 있다. 헤라클레이토스, 엠페도클레스, 아이스킬로스, 에우리피데스, 시모니데스, 아나크레온, 칼리마코스, 코린토의 호네스투스. 그는 비더의 대표 선집 두 개가 『궁전 같은 선집』과 『칠레 시선집』이라고 말하면서 비더를 제물 삼아 농담한다(물론 잘 보면 농담이 아닐 수도 있다). 그는 비더가 — 전화선 너머로 비더의 목소리가 비처럼, 악천후처럼 들렸는데, 이 말을 고고학자가 했다는 점을 감안한다

---

11 *tour de force*. 〈힘들고 어려운 일을 해내다〉는 의미의 프랑스어 표현.

12 고대 이집트 문학.

13 John Ford(1586~1640) 영국 극작가, 시인, 배우. 대표작인 『창녀인 게 안타깝다』(1633)는 남매 간의 근친상간을 그려 많은 작품들에 영향을 미쳤다.

면 있는 그대로 받아들여야 할 것이다 ―『절망한 사람의 자기 영혼과의 대화』[12]를 알고 있었고, 존 포드의 『창녀인 게 안타깝다』[13] 또한 꼼꼼하게 읽었다고 강조한다. 그가 공저로 쓴 작품들을 포함해 존 포드의 전 작품을 아주 자세히 기입했던 것이다. (천성적으로 의심이 많은 비비아노에 의하면, 비더가 존 포드의 작품에 바탕한 이탈리아 영화만을 봤을 가능성이 가장 높다. 라틴 아메리카에서는 1973년경 스크린에 걸렸던 그 영화의 가장 큰 장점이자 어쩌면 유일한 장점은 젊고 매력적인 샤를로트 램플링의 출연일 수도 있다.)

〈전도유망한 시인 카를로스 비더〉의 책들을 언급한 대목은, 이바카체가 허공 위를 걷고 있음을 느닷없이 깨닫기라도 한 듯, 갑자기 중단된다.

하지만 아직 끝나지 않았다.『판화와 수채화들』이라는 제목의 책에서 건진, 메스껍고 만만치 않은 텍스트라 할 수 있는 태평양 연안 선원들의 공동묘지들에 대한 글에서, 이바카체는 횡설수설하면서, 라스 벤타나스 근처에 있는 한 공동묘지와 발파라이소 근교에 있는 다른 공동묘지 사이의 이름 없는 어느 마을의 해 질 녘과 길게 늘어져 흔들리는 그림자들이 떨고 있는 텅 빈 광장, 그리고 실루엣, 짙은 색 레인코트를 입고 얼굴을 일부 가리는 목도리나 네커치프를 목둘레에 두른 젊은 남자의 실루엣을 뜬금없이 묘사한다. 이바카체와 낯선 남자는 이야기를 나눈다. 하지만 두 사람 사이에는 끈이, 가로등에서 흘러나온 직사각형 모양의 빛이 가운데 가로놓여 있고, 두 사람 중 누구도 용기를 내서 그 선을 넘지 못한다. 그들 사이에 꽤 거리가 있는 데도 그들의 목소리는 또렷하다. 낯선 남자는 듣기 좋은 목소리와 대조되는 폭력적인 은어를 잠시 사용하지만, 대체적으로 두 사람은 정확한 용어를 구사한다. 절대적인 은밀함을 요하는 그 만남은 한 연인이 한밤중에 개를 데리고 광장에 나오면서 끝이 난다. 한숨을 내쉬거나 눈 깜빡하는 순간에 이바카체는 홀로 남겨져, 지팡이에 의지한 채, 그 기이함과 운명에 대해 생각하게 된다. 현실적으로 볼 때 그 만남은 군경 대원 둘이 나타나면서 끝났을 수도 있다. 광장에 버려지다시피 한 나무들 사이로, 그림자들 사이로, 낯선 남자는 자취를 감춘다. 비더였을까? 비평가의 환상이었을까? 누가 알겠는가.

    세월로 인해, 그리고 흔히 일어나는 일들과는 정반대로 알려지는 모순되는 소식들이나 소식들의 부재로 인해 비더의 전설은 더욱 커져만 갔고, 그의 이른바 예술적인 의도는 더욱 굳건해졌다. 몇몇 열광적인 사람들은 그를 만나겠다는 각오로, 그렇지 않으면 그를 데리고 칠레로 돌아오겠다는 각오로, 아니면 최소한 그와 사진 한 장이라도 찍겠다는 각오로 세상에 뛰어든다. 모두 부질없는 짓이다. 비더의 흔적은 사라진다. 남아프리카에서, 독일에서, 이탈리아에서……. 다른 사람들이라면 한 달이나 두 달, 세 달짜리 관광이라 할 수 있는 기나긴 순례 끝에 그를 찾아 떠났던 젊은이들은 빈털터리가 되어 낙담해 돌아온다.

카를로스 비더가 어디에 있는지 알고 있는 유일한 사람으로 추정되는 그의 아버지는 1990년에 사망한다. 아무도 찾아오지 않는 그의 무덤은 발파라이소 시립 묘지에서도 가장 초라한 구역에 있다.

칠레 문학 협회 쪽에서는 카를로스 비더가 정말로 〈죽었다〉는 생각이 조금씩 기정사실화되어 갔다. 차라리 그게 나았다. 시대가 변하기 시작했기 때문이다.

1992년 고문과 실종자들에 대해 법적으로 실시된 여론 조사에서 그의 이름이 인용된다. 문학 외적인 주제와 관련해 그의 이름이 공개적으로 거론된 것은 처음이다. 1993년, 그는 콘셉시온과 산티아고 지역 학생들 여럿의 죽음에 책임이 있는 〈독립적인 행동파 단체〉와 연관된다. 1994년 실종자들에 대한 칠레 기자단의 책이 등장하면서 그가 다시 언급된다. 같은 시기에 공군을 떠난 무뇨스 카노의 책이 출판되고, 한 장(章)에서 프로비덴시아 아파트의 사진 전시회 당일 밤이 자세히 묘사된다(무뇨스 카노의 산문은 가끔 지나치게 열정적이고 극히 예민하긴 하지만). 그 몇 년 전, 비비아노 오리안은 작은 판형의 시집을 전문적으로 출판하는 소형 출판사에서 『마법사들의 새로운 귀환』을 출간한다. 책은 대단한 성공을 거둬 그때까지는 엄두도 내지 못한 판매 부수를 출판사에게 안겨 준다. 『마법사들의 새로운 귀환』은 1972년과 1989년 사이에 일었던 코노 수르의 파시스트 문학 운동에 대한 유쾌한 수필이다(그의 글은 비비아노와 내가 콘셉시온에서 함께하던 시절 어마어마하게 읽어댔던 추리 소설들과 무관하지 않다). 베일에 싸였거나 사기성이 농후한 인물들이 적지 않다. 하지만 그 저주받은 시절에 현기증과 말 더듬 사이에서 유일하게 우뚝 선 주인공은, 의심할 여지 없이 카를로스 비더이다. 라틴 아메리카 식으로 슬프게 말하자면, 그 인물은 자체 발광한다. 비비아노가 비더에게 바친 장(章)(그 책에서 가장 길다)에는 〈한계의 탐험〉이라는 제목이 달려 있고, 여기에서 비비아노는 대체적으로 객관적이고 신중한 어조와는 별개로, 바로 그 빛에 대해 말한다. 흡사 공포 영화에 대해 얘기하는 것 같았다. 어느 순간, 뜬금없이, 그는 그를 윌리엄 벡포드의 바테크[14]와 비교한다. 그리고 그와 관련해 보르헤스의 말을 인용한다. 〈그것은 진정으로 잔인한 첫 번째 문학 지옥이라고 나는 확언한다.〉[15] 비비아노가 비더에 대해 쓴 묘사, 비더의 시학이 그에게 미친 생각은 마치 비더의 존재 자체가 그를 당황하게 해서 생각의 흐름을 잃게 만든 것처럼 확신이 없다. 아르헨티나 또는 브라질 고문관들을 공공연히 비웃는 비비아노는 비더만 앞에 있으면 경직되고, 횡설수설하고, 음란한 표현들을 남발하고, 자기 인물(조종사 카를로스 비더,

---

14 William Beckford(1760~1844). 영국의 괴짜 백만장자로 중세를 배경으로 한 괴기 소설인 『바테크』(1786)를 썼다.

15 호르헤 루이스 보르헤스의 대표 에세이집인 『만리장성과 책들 *Otras inquisiciones*』의 「윌리엄 벡포드의 바테크에 관하여」에서 인용한 문장으로, 단테의 신곡에 등장하는 지옥과 바테크를 비교하며 문학에서의 공포를 언급했다.

독학가 루이스 테이글)이 수평선 위에서 헤매지 않도록 눈도 깜빡거리지 않는다. 그러나 그 누구도, 특히 문학에서는 더더욱, 장시간 눈을 깜빡거리지 않을 수 없고, 그리하여 비더를 영영 놓치게 된다.

  옛 군대 동기 셋만이 그를 변론하고자 출석한다. 세 사람 모두 은퇴했고, 세 사람 모두 진실에 대한 애정과 사심 없는 이타주의에 끌린 것이다. 군대의 대장이었던 첫 번째 증인은 비더가 예민하고 교양 있는 사람이며, 나름 칠레 공화국의 운명이 농락당했던 철기 시대의 또 다른 희생자였다고 말한다. 군 정보국의 중위인 두 번째 증인은 일상적인 면을 더욱 부각시킨다. 그가 비더에게 부여한 이미지는 에너지가 넘치고 농담도 잘하고 성실한 청년의 이미지이다. 아무것도 하지 않는 장교들도 있음을 잊지 마십시오. 그는 부하들에게 신뢰를 주는 사람이었습니다. 우리 대부분이 그보다 나이가 많았기 때문에 그가 부하들을 자식처럼 대했다고는 말하지 않겠습니다. 하지만 그랬습니다, 그는 그들을 형제처럼 대했습니다. 비더는 그들에게 내 형제들이여, 라고 말했습니다. 때로는 아무 이유 없이 행복해하는 함박웃음까지 — 하지만 그가 뭣때문에 행복하겠습니까? — 얼굴 가득 지었습니다. 세 번째 증인은, 산티아고에서 몇 가지 임무를 — 확실히 밝혀야 하기 때문에 몇 가지 얘기하지 않았다 — 수행할 때 그와 동행했던 장교였는데, 공군 중위는 모든 칠레인들이 해야만 했고 할 수밖에 없었거나, 아니면 하고 싶었지만 할 수 없었던 일을 했을 뿐이라고 주장한다. 내전 중에는 포로들이 걸림돌입니다. 이것이 비더와 다른 몇몇 사람들이 따랐던 신념입니다. 그리고 역사의 대혼란 가운데 도가 지나치게 의무를 수행했다고 해서, 누가 그에게 죄를 물을 수 있겠습니까? 그는 생각에 잠겨 덧붙였다. 가끔 은혜를 베풀며 쏘는 총 한 방이 최후의 벌보다 훨씬 위안이 됩니다. 여러분, 카를로스 비더는 분화구에서 바라보듯 세상을 바라보았습니다. 아주 멀리서 바라보듯 여러분 모두를 보았고 자기 자신을 보았습니다. 그리고 우리 모두는, 솔직함을 용서하십시오, 그에게 가엾은 벌레로 보였을 겁니다. 그는 그런 사람이었습니다. 그의 역사책에서 〈자연〉은 수동적인 자세를 취하지 않습니다. 오히려 그 반대로 행동으로 옮기며 우리를 역겨워합니다. 물론 무지할 뿐인 우리들은 이러한 시련을 불운이나 운명이라 핑계 대는 데 익숙하지요……

결국, 나아질 낌새가 보이지 않는 법정 위임 소송에서, 비관적이고도 용감한 판사가 그에게 무죄를 인정한다. 물론 비더는 출두하지 않는다. 이번에는 콘셉시온의 다른 판사가 앙헬리카 가르멘디아의 살인과 그녀의 동생과 이모의 실종 사건에 대한 주요 용의자로 그를 소환한다. 가르멘디아 자매의 마푸체 인디오 하녀인 아말리아 말루엔다는 증인으로 깜짝 출두하고, 일주일 동안 그녀는 기자들에게 금광과도 같은 존재가 된다. 지난 몇 년이 아말리아의 스페인어를 휘발시킨 것 같다. 그녀의 증언이 마푸체 표현투성이라, 그녀의 경호원 역할을 맡아 일분일초도 그녀를 혼자 내버려 두지 않는 가톨릭 사제 두 명이 통역을 맡는다. 그녀의 기억 가운데 범행이 일어났던 날 밤은 살인과 불법 행위들로 가득한 기나긴 역사와 뒤섞여 있다. 그녀의 이야기는 연속적인 영웅시(《원시적 서사시》)처럼 주절주절 흘러나왔다. 그녀의 이야기를 놀라워하며 듣는 사람들은 일부는 그녀의 이야기임을, 가르멘디아 자매의 옛 하녀였던 아말리아 말루엔다라는 한 개인의 이야기임을, 그리고 다른 일부는 칠레의 역사임을 이해하게 된다. 공포의 역사. 그래서, 그녀가 비더에 대해 말할 때면, 중위는 동시에 여러 사람인 것처럼 보인다. 침입자, 연인, 전사, 악마. 그녀가 가르멘디아 자매에 대해 말할 때면 자매들은 공기와 잘 자란 식물들, 강아지들에 비유된다. 그녀는 범행이 일어났던 날 밤을 기억할 때 스페인 사람들의 음악이 들렸다고 말한다. 〈스페인 사람들의 음악〉이라는 말을 조금 더 정확하게 설명해 달라는 요구에 그녀는 답한다. 어르신, 분노 그 자체, 무력감 그 자체입니다.

재판은 결코 열리지 않는다. 아주 오래전에 자취를 감춰 갈수록 기억이 희미해지는 연쇄 살인범이라는 인물에게 관심을 기울이기에는 국내 문제들이 너무 산재해 있다.

칠레는 그를 잊는다.

8

 그즈음이 아벨 로메로가 무대에 등장하고, 내가 다시 무대에 등장한 시기이다. 칠레는 또한 우리도 잊었다.
 로메로는 아옌데 시절에 꽤 유명한 경찰들 중의 한 명이었다. 이제 쉰이 넘은 그는 작은 키에 까무잡잡한 피부와 상당히 여윈 체구로 까만 머리에 무스나 스프레이를 바르고 다닌다. 그의 명성은, 그의 자그마한 전설은 그 시절 흔히 하는 말로, 어두운 칠레 역사의 독자들을 전율케한 두 가지 범죄 사건과 연관되어 있었다. 첫 번째 사건은 발파라이소, 우갈데 거리의 하숙집 방에서 일어난 살인 사건(일종의 퍼즐이지, 로메로가 말했다)이었다. 희생자는 이마에 총 한 방을 맞은 채 발견되었다. 방문은 안으로 걸쇠가 걸려 의자로 가로막혀 있었다. 창문들은 안으로 닫혀 있었고, 게다가 누구라도 그곳을 통해 밖으로 나갔다면 거리에서 사람들의 눈에 띄었을 것이다. 범죄에 사용된 무기는 사망자 옆에서 발견되었고, 그 때문에 처음에는 자살로 수사의 가닥이 잘못 잡혔다. 하지만 초반 증거들이 나온 이

후 경찰은 희생자가 총을 발사한 적이 없다는 사실을 입증했다. 사망자의 이름은 피사로였고, 그에게는 적이 없었다. 그는 단정한, 오히려 외로운 삶을 살았고 직업이나 생계를 유지할 만한 수단이 없었다. 물론 나중에 확인한 바에 의하면 그의 부모님이, 남쪽에 사는 그의 유복한 가족이, 매달 일정액을 보내 주었다. 그 사건은 언론의 호기심을 자극했다. 살인자가 어떻게 희생자의 방에서 나왔을까? 하숙집 다른 방도 확인해 봤는데 밖에서 걸쇠를 채우는 것은 거의 불가능했다. 걸쇠를 채우고, 그리고 그것도 모자라 문손잡이에 의자를 받쳐 문을 잠근다는 것은 상상할 수도 없었다. 경찰은 창문들을 조사했다. 격자 천장서부터 정확하게 한 번에 닫으면 열 번에 한 번은 걸쇠가 잠겼다. 하지만 창문으로 도망치려면 곡예사가 돼야 했고, 거리에 사람들의 왕래가 꽤 빈번한 시간에 살인 사건이 발생했기 때문에 거리에서 누군가 시선을 드는 바람에 발각되지 말아야 할 운이 따라야 했다. 결국 다른 선택의 여지가 없었기에 경찰은 살인자가 창문으로 도망쳤다는 결론에 이르렀고, 국내 언론은 그에게 〈곡예사〉라는 별명을 붙였다. 그때 산티아고에서 로메로가 파견되었고, 그는 24시간 내에 사건을 해결했다(그가 참석하지 않은 심문 8시간이 더 걸렸고, 그걸로 살인자가 그간의 수사 선상과 그리 동떨어지지 않은 자백서에 서명하기에는 충분했다). 훗날 로메로가 나에게 들려준 바에 의하면 사건 경위는 다음과 같았다. 희생자인 피사로는 하숙집 주인아주머니의 아들인 엔리케 마르티네스 코랄레스라는 자와 모종의 거래가 있었다. 일명 엔리키토 또는 헨리라고 불렸던 그는 비냐 델 마르 경마장에 습관적으로 드나들었다. 경마장은 로메로에 의하면 방종한 생활을 하는 사람들이나, 빅토르 위고가 쓴 바대로 〈불운한〉 사람들이 결국 만나게 되는 곳이다. 빅토르 위고의 작품인 『레 미제라블』은 로메로가 젊은 시절 읽었다고 고백한 〈문학계의 유일한 보석〉이다. 물론 세월이 흘러 불행히도 그는 자베르의 자살을 제외하고는 모두 새까맣게 잊어버렸다(『레 미제라블』에 대해서는 나중에 다시 말하겠다). 보기에, 엔리키토라는 자가 빚을 잔뜩 졌고, 그 일로 피사로와 어느 정도 얽혀 있었다. 한동안, 엔리키토의 운이 계속 나쁜 동안, 두 친구는 희생자의 부모님이 멀리서 보내 준 돈으로 함께 모험을 즐긴다. 하지만 어느 날 하숙집 주인의 아들은 잘나가기 시작하고 그는 슬슬 피사로를 피하게 된다. 피사로는 사기를 당했다는 기분이 든다. 그들은 다투며 협박을 주고받다가, 어느 날 대낮에 엔리키토가 권총으로 무장한 채 피사로의 방으로 들어간다. 피사로를 죽이려는 게 아니라 겁주려는 의도였지만 한창 장면이 연출되던 중 엔리키토가 피사로의 머리에 총구를 겨냥하게 되고, 그 순간 권총이 우발적으로 발사된다. 어떡한담? 그때 엔리키토는, 최악의 악몽 한복판에서, 평생 딱 한 번 머리를 쓴다. 그는 자기가 그냥 밖으로 나가면 얼마 지나지 않아 의심받을 거라는 걸 안다. 피사로의 살인 사건이 있는 그대로 보여 진다면 얼마 지나지 않아 자기가 의심받을 거라는 걸 안다. 그렇기 때문에 거짓말 같고 믿기 어려운 사실로 사건을 덧씌워야 할 필요가 있다. 그는 문을 안으로 걸어 잠그고, 입구를 더 오래 막기 위해 의자를 받쳐 놓고, 죽은 이의 손에 권총을 쥐어 주고, 창문을 확실하게 닫은 후, 자살 장면을 제대로 연출했다고 생각하며 옷장 안으로 들어가 기다린다. 그는 자기 어머니와 다른 하숙생들이 점심을 먹고 있거나 거실에서 텔레비전을 보고 있다는 것을 잘 알고 있으며, 그들이 경찰을 기다리지 않고 바로 문을 부수고 들어올 거라고 확신한다. 정말로 문은 부서지고, 옷장 문도 제대로 닫지 않았던 엔리키토는 피사로의 시신을 놀라서 바라보고 있는 다른 하숙집 식구들과 조용히 합류한다. 로메로가 말한다. 사건은 간단했소. 하지만 나에게 과분한 명성을 안겨 주었고 나중에는 그 값을 단단히 치렀소.

민주주의가 막을 내리기 몇 달 전, 랑카구아 근처에 있는 라스 카르메네스 농장의 납치 사건을 해결한 것이 그에게 더 큰 명성을 안겨 주었다. 그 사건의 주역은 칠레의 가장 부유한 사업가들 중의 한 명인 크리스토발 산체스 그란데로, 석방 조건으로 엄청난 액수의 돈을 요구하는 좌파 조직에 의해 사라진 것으로 추정되었고, 그 돈은 정부가 지불해야만 했다. 몇 주 동안 경찰은 속수무책이었다. 산체스 그란데를 찾는 세 개의 행동조를 이끌고 있던 로메로는 산체스 그란데의

자작극일 수도 있다는 가능성을 점쳐 보았다. 그들은 며칠 동안 〈조국과 자유〉[1] 소속의 한 청년을 미행했고, 결국 청년은 부주의하게도 그들을 라스 카르메네스 농장으로 이끌었다. 그곳에서 부하들의 절반이 저택을 포위하고 있는 동안, 로메로는 저격수로 남은 세 명만을 데리고, 손에 총 한 자루씩을 쥔 채, 부하들 중에서 가장 용감한 콘트레라스라는 젊은 경찰과 함께 집 안으로 들어가 산체스 그란데를 체포했다. 격투 끝에 기업가를 보호하고 있던 〈조국과 자유〉 소속의 킬러 2명이 목숨을 잃었고, 로메로와 집 뒤쪽을 지키고 있던 사람들 중 한 명이 부상당했다. 그 업적으로 그는 아옌데 대통령에게 직접 수훈 메달을 받았고, 그가 직접 한 말에 의하면, 기쁨보다는 슬픔이 더 많았던 삶 가운데 직업적으로 가장 만족스러운 순간이었다.

당연히 나는 그의 이름을 기억했다. 그는 유명 인사였다. 그의 이름은 폭력적이고 선정적인 잡지들에, 그런데 스포츠란 앞이었던가 뒤였던가?, 자주 등장했다. 1960년대와 1970년대에 제3세계에서 가난한 집들과 황무지, 조명이 어두침침한 유곽과 같은 범행 무대로 당시 우리가 수치스럽게 여겼던(우리는 수치가 뭔지 알지 못했다) 장소들의 이름과 함께. 그는 아옌데 대통령에게서 수훈 메달을 받았다. 메달은 잃어버렸소, 그가 슬픔에 잠겨 말했다. 그리고 그 사실을 입증해 줄 사

---

1 살바도르 아옌데 정부에 반대해 1970년 초 조직된 칠레 민족주의 보수 단체.

진도 한 장 남지 않았는데, 메달을 받은 게 바로 어제인 듯 생생하게 기억나는군. 그는 아직도 경찰 같았다.

쿠데타 이후 그는 3년 동안 감옥에서 지냈고, 그 후 파리로 떠나 그곳에서 소소한 일들을 하며 살았다. 그는 그 일들의 성격에 대해 나에게는 일체 아무 얘기도 하지 않았지만, 파리에서 보낸 처음 몇 년 동안은 포스터를 붙이는 일부터 사무실 바닥을 왁스 칠하는 일까지 닥치는 대로 하면서 살았다. 건물들이 모두 닫힌 한밤중에 하는 일로 생각을 많이 하게 하는 일들이었다. 파리 건물들의 미스터리. 한밤중에 한 층만 제외하고 모든 층들이 어둠에 잠겨 있을 때, 그리고 그 후 그 층의 불이 꺼지고 다른 층이 켜지고, 그러고 나서 그 층이 꺼지고, 계속 그런 식으로 반복될 때의 사무용 건물들을 그는 그렇게 불렀다. 이따금 야간 통행자나 포스터를 붙이며 일하는 사람은, 한참 가만히 있다 보면, 텅 빈 건물들 중 한 곳에서 창문을 내다보며 담배를 피우거나 팔짱을 낀 채 도시를 바라보고 있는 누군가를 볼 수 있었다. 야간에 청소하는 남자 혹은 여자였다.

로메로는 결혼해 아들이 한 명 있었으며, 칠레로 돌아가 새 삶을 시작할 계획이었다.

내가 그에게 뭘 원하는지 물었을 때(하지만 나는 이미 그를 집 안으로 들여 차를 대접하고자 물을 끓이고 있었다) 그는 카를로스 비더의 흔적을 쫓고 있다고 말했다. 비비아노 오리안이 나의 바르셀로나 주소를 가르쳐 준 것이었다. 당신이 비비아노를 아십니까? 그는 모른다고 대답했다. 개인적으로는 알지 못했소. 내가 그에게 편지를 썼고, 그가 나에게 답장했고, 그러고 나서 우리는 전화 통화를 하게 되었소. 아주 비비아노답군요, 나는 말했다. 그리고 얼마나 오랫동안 그를 보지 못했을까 생각해 보았다. 거의 20년이었다. 당신 친구는 좋은 사람이오, 로메로가 말했다. 그리고 비더를 아주 잘 아는 것 같았소. 그런데 그는 당신이 더 잘 안다고 믿고 있소. 그건 사실이 아닙니다. 내가 말했다. 돈이야 당연히 있소, 로메로가 말했다. 그를 찾을 수 있도록 당신이 도와준다면. 그는 이 말을 하면서 나를 매수할 수 있는 정확한 액수를 가늠해 보려는 듯 집 안을 둘러보았다. 나는 그가 감히 계속해서 밀고 나가지 못할 거라 생각하고, 아무 말 없이 가만히 기다려 보기로 했다. 나는 그에게 차를 대접했다. 그는 차에 우유를 넣었고 그렇게 마시는 걸 좋아하는 것 같았다. 내 테이블에 앉아 있는 그는 실제 모습보다 훨씬 작고 야위어 보였다. 당신에게 2십만 페세타를 드릴 수 있소, 그가 말했다. 좋습니다. 하지만 내가 무엇을 도와 드릴 수 있을까요?

시와 관련된 일들이오, 그가 말했다. 비더는 시인이었고, 나도 시인이었고, 그는 시인이 아니었다. 〈고로〉[2] 한 시인을 찾기 위해 다른 시인의 도움이 필요한 것이었다.

---

2 *ergo*. 라틴어로 〈고로〉, 〈그러므로〉라는 뜻이다.
3 Lope de Vega(1562~1635). 17세기의 유명한 스페인 극작가.

나는, 나에게 카를로스 비더는 시인이 아니라 범죄자라고 그에게 말했다. 좋소, 좋아, 로메로가 말했다. 우리 편협해지지 맙시다. 어쩌면 비더나 다른 누군가에게는 당신이 시인이 아니거나 나쁜 시인일 수도 있고, 그 혹은 그들이 좋은 시인일 수도 있소. 모두 어떤 잣대를 갖고 보느냐에 달린 거지, 로페 데 베가[3]가 말했듯이 말이오, 안 그렇소? 지금 바로 2십만 페세타를 현금으로 주실 수 있습니까?, 내가 물었다. 조만간 2십만 페세타를 드리겠소, 그가 힘차게 대답했다. 하지만 지금부터는 당신이 나를 위해 일하는 거고 나는 결과를 원한다는 사실을 명심하시오. 당신은 얼마를 받습니까? 꽤, 그가 말했다. 나를 고용한 사람은 돈이 아주 많소.

다음 날 그는 5만 페세타가 들어있는 돈 봉투와 문학잡지들이 잔뜩 들어있는 트렁크 하나를 가지고 우리 집에 들렀다. 돈이 입금되면 나머지를 드리겠소, 그가 말했다. 나는 그에게 왜 카를로스 비더가 살아 있다고 믿는지 물었다. 로메로가 미소를 머금었고(그는 족제비의 미소를, 들쥐의 미소를 지녔다), 그가 살아 있다고 믿는 사람은 자기 고객이라고 말했다. 그럼 어떻게 해서 그가 아메리카나 호주가 아닌 유럽에 있다고 생각하게 되었습니까? 내가 그 남자를 그려 보았거든, 그가 말했다. 그리고 나서 그는 내가 살고 있는(그는 우리 집에서 얼마 떨어져 있지 않은 오스피탈 거리의 소박하고 단정한 하숙집에서 묵었다) 타예르스 거리의 한 식당에서의 점심 식사에 초대했고, 그가 칠레에서 보냈던 세월과 우리 두 사람이 기억하고 있는 나라, 로메로가 (기막히게도) 세계 최고로 치는 칠레 경찰에 대한 대화가 오갔다. 당신은 편파적인데다 맹목적인 애국자입니다, 디저트를 먹을 때 내가 말했다. 장담하건대 그렇지 않소, 그가 말했다. 내가 경찰로 근무할 때는 미제(謎題)로 남은 살인 사건이 없었소. 그리고 수사과에 들어오는 애송이들 또한 제대로 준비된 사람들이었소. 높은 점수로 인문학을 마치고 경찰 학교에서 훌륭한 교수들 아래 3년 동안 배웠소. 범죄학자 곤살레스 사발라, 지금은 고인이 된 곤살레스 사발라 박사가 적어도 강력계와 관련해 세계 최고의 경찰 두 곳은 영국 경찰과 칠레 경찰이라고 말했던 게 기억나오. 나는 그에게 웃기지 말라고 했다.

우리는 점심을 먹고 와인 두 병을 마신 다음 오후 4시에 나왔다. 얘기하며 마시기에는 프랑스 와인보다는 스페인 와인이 좋소, 로메로가 말했다. 나는 그에게 프랑스인들에게 맺힌 게 있냐고 물었다. 그의 얼굴이 어두워지는 것 같더니 자기는 떠나고 싶다고, 그뿐이라고, 이미 프랑스에서 지나치게 오래 살았다고 말했다.

---

4 La Pérgola de las Flores. 1960년 초연된 이시도라 아기레Isidora Aguirre의 연극 작품으로 프랑시스코 플로레스 델 캄포Francisco Flores del Campo가 뮤지컬로 만들어 무대에 올렸으며, 20세기 후반 칠레 연극사에서 중요한 작품으로 손꼽힌다. 1930년대 상류층과 하류층의 대립을 코믹하게 그리며 20세기 초 칠레 도시의 모습을 묘사했다.

우리는 『레 미제라블』에 대해 이야기하며 센트리코 바에서 커피를 마셨다. 로메로는 마들렌으로 변했다가 그 후 포슈르방으로 변한 장 발장을 평범한 인물이라고, 칙칙한 라틴 아메리카 도시들에서 흔히 볼 수 있는 인물로 여겼다. 반면에 자베르는 특별하게 생각했다. 그가 나에게 털어놓았다. 그 남자는 심리 분석 상담과도 같소. 로메로에게는 심리 상담이 이 세상에서 가장 근사해 보일 테지만, 나는 로메로가 단 한 번도 심리 상담을 받아보지 못했다는 것을 금세 알았다. 그는 빅토르 위고의 경찰인 자베르를 동경하고 존경했으며, 그렇기 때문에 그에게는 자베르가 사치, 즉 〈우리가 아주 가끔 누릴 수 있는 안락〉과도 같다. 나는 그에게 아주 옛날에 프랑스 영화로 나온 걸 봤냐고 물었다. 못 봤소, 그가 말했다. 런던에서 뮤지컬이 공연되고 있다는 건 알고 있소, 하지만 나는 그 역시 보지 못했소, 『꽃들이 피어 있는 정자』[4]와 비슷할 거라 믿소. 이미 말했듯이, 그는 소설에 대해서는 전혀 기억하지 못했지만 자베르가 자살한 것은 기억했다. 나는 좀 의심스러웠다. 어쩌면 영화에서는 자살하지 않았을 수도 있다(영화를 떠올리면 단 두 장면만 기억난다. 혁명을 외치는 학생들과 거리 부랑자들의 소란이 담긴 1832년의 바리케이드, 그리고 장 발장이 구해준 후의 자베르. 그는 하수구 입구에 서서 멍하니 지평선을 바라보고 있었고, 센 강에서는 정말이지 웅장한 폭포수 못지않게 오물들이 쏟아지는 요란한 소리가 났다. 물론 내가 착각했거나 아니면 영화들이 뒤섞였을 가능성이 높다). 오늘날에는, 로메로가 알코올이 섞인 마지막 커피 몇 방울을 음미하며 말했다. 적어도 미국 영화에서는 경찰들이 이혼만 하지. 반면에 자베르는 자살하오. 그 차이점을 알겠소?

그러고 나서 그는 우리 집까지 5층을 걸어 올라가, 트렁크를 열고 탁자 위에 잡지들을 내려놓았다. 차분히 읽어 보시오, 그가 말했다, 그 동안 나는 잠깐 관광이나 하고 올 테니. 어느 박물관이 추천할 만하오? 나는 피카소 박물관에 갔다가 그곳에서 사그라다 파밀리아 성당[5]으로 가는 길을 어렴풋이 알려 줬고, 그러고 나서 로메로가 떠났던 걸로 기억한다.

그는 사흘 후에 다시 돌아왔다.

그가 놔두고 간 잡지들은 모두 유럽 잡지였다. 스페인, 프랑스, 포르투갈, 이탈리아, 영국, 스위스, 독일 잡지들. 심지어 폴란드 잡지 1권과 루마니아 잡지 2권, 러시아 잡지 1권도 있었다. 대부분은 부수가 얼마 되지 않는 팬진이었다. 프로답고 재력이 탄탄한 프랑스와 독일, 이탈리아의 몇몇 잡지들을 제외하면, 인쇄 방식은 복사부터 등사지에 철필로 인쇄한 것(루마니아 잡지들 중 한 권)까지 그 결과가 확연히 눈에 띄었다. 낮은 품질과 싸구려 종이, 볼품없는 디자인이 쓰레기 문학을 말하고 있었다. 나는 잡지들을 모두 훑어보았

---

5 La Familia Sagrada. 바르셀로나의 상징이자 가우디 건축의 백미로 꼽히는 미완성 성당. 1882년 건립되기 시작해 지금도 공사중이다.

다. 로메로에 의하면 그 잡지들 중의 어딘가에 비더가, 물론 다른 이름으로, 공동 작업한 작품이 있어야 했다. 흔히 볼 수 있는 우파 문학잡지들은 아니었다. 그중 4권은 〈스킨헤드〉 단체가 발행했고, 2권은 축구 팬들로 이뤄진 비정규 단체들이 발행했고, 적어도 7권은 분량의 절반 이상을 공상 과학에 할애했고, 3권은 〈전쟁 게임〉 클럽이 발행했고, 4권은 오컬티즘(이탈리아 잡지 2권과 프랑스 잡지 2권)에 지면을 할애했고, 그중 1권(이탈리아 잡지)은 드러내 놓고 악마를 찬양했고, 적어도 15권은 명백히 나치를 찬양했으며, 6권은 〈수정주의〉의 거짓 역사의 흐름으로 분류할 수 있고(프랑스 잡지 3권과 이탈리아 잡지 2권, 프랑스어로 실린 스위스 잡지 1권), 1권은, 러시아 잡지는 앞서 열거한 모든 것을 뒤죽박죽 섞어 놓은 것이었으며, 나는 거의 인종 차별주의적이고 반유대적인 캐리커처들을 보고(무지하게 많았다. 마치 그 잡지의 잠재적인 러시아 독자들이 갑자기 문맹이라도 된 것 같았지만, 러시아어를 모르는 나에게는 천만다행이었다) 최소한 그런 결론에 이르렀다.

잡지들을 읽은 지 이틀째 되는 날 나는 제대로 흥미가 생기기 시작했다. 나는 혼자 살았으며, 돈이 없었고, 내 건강은 아쉬운 점이 아주 많았고, 어디에서도 출판하지 않은 지 꽤 오래되었고, 최근에는 글조차 쓰지 않았다. 내가 보기에도 내 운명은 비참했다. 내가 자기 연민에 익숙해지기 시작했다고 본다. 로메로의 잡지들은 죄다 탁자 위에 쌓여 있었는데(나는 잡지들을 옮기지 않으려고 부엌에서 서서 식사하기로 했다), 국적, 출판 연도, 정치적 경향이나 문학 장르에 따라 각기 분류되어 있었고, 내게 해독제 효과를 냈다. 잡지들을 읽기 시작한 지 이틀째 되는 날 나는 몸이 좋지 않았고, 곧 그게 수면 부족과 영양 부족 때문이라는 걸 알았다. 그래서 나는 길거리로 내려가 치즈 샌드위치를 사먹은 후 자기로 했다. 6시간을 자고 깨어나자 상쾌했고 푹 쉰 듯해, 계속 읽고 또 읽고(잡지의 언어에 따라 알아맞히고) 싶은 마음이 생겼다. 읽으면 읽을수록 나는 점점 비더의 이야기에 빠져 들어갔다. 그 당시에는 실체를 제대로 알지 못했지만, 뭔가 더 있는 듯한 이야기였다. 심지어 어느 날 밤에는 이와 관련된 꿈을 꾸기도 했다. 내가 커다란 나무배를, 어쩌면 범선을 타고 대양을 횡단하는 꿈을 꾸었다. 나는 고물 갑판 위에서 열린 파티에 가 있었고, 바다를 바라보면서 시 한 편을 쓰고 있었다. 아니 어쩌면 일기를 쓰고 있었을 수도 있다. 그 때 누군가, 한 노인이 회오리 바람이다! 회오리 바람이야! 하고 소리 지르기 시작했는데, 범선의 갑판이 아니라 요트의 갑판 아니면 방파제에 서 있었다. 폴란스키의 「로즈메리의 아기」 속 한 장면과 꼭 같았다. 바로 그 순간 범선이 가라앉기 시작했고, 살아남

---

6 F. C. 바르셀로나의 홈구장.
7 F. C. 바르셀로나의 열성 팬.
8 칠레 산티아고의 프로 축구 팀.
9 바르셀로나의 해변 지역.

은 우리 모두는 조난자가 되었다. 바다에서 술통에 매달려 있던 나는 떠다니는 카를로스 비더를 보았다. 나는 썩은 나무 몽둥이를 붙잡고 떠 있었다. 우리가 파도에 떠밀려 멀어지던 그 순간 나는 비더와 내가 〈같은〉 배를 타고 있었고, 그는 배를 가라앉히는 데 기여했고 나는 그것을 막기 위해 별로, 아니면 아무것도 하지 않았다는 것을 깨달았다. 그래서 나는 사흘 후 로메로가 돌아왔을 때 그가 친구라도 되는 듯 반갑게 맞이했다.

그는 피카소 박물관에도, 사그라다 파밀리아 성당에도 가지 않았지만 캄 노우[6] 박물관과 새로 문을 연 수족관에는 다녀왔다. 살면서 그렇게 가까이에서 상어를 본 것은 처음이오. 좀 감동적이었지. 당신에게 맹세할 수 있소. 내가 캄 노우에 대한 그의 의견을 묻자 자기는 그 구장이 유럽 최고의 구장이라고 늘 생각했다고 대답했다. 작년에 바르셀로나가 파리 생제르맹에게 패해 안타까웠소. 로메로, 당신이 쿨레[7]라는 말씀은 하지 마십시오. 그는 그 단어를 알지 못했다. 내가 그 단어를 설명하자 그가 재미있어하는 것 같았다. 얼마 동안 그는 멍하니 있었다. 나는 일시적인 쿨레요, 그가 말했다. 유럽에서는 바르셀로나 팀이 좋소, 하지만 내 마음속 깊은 곳에서는 콜로-콜로 팀[8]이 좋소. 어쩌겠소, 그가 슬픔과 자긍심이 뒤섞인 채 덧붙였다.

그날 오후 바르셀로네타[9]에 있는 한 주점에서 함께 점심 식사를 한 후, 그가 나에게 잡지들을 모두 읽어 봤냐고 물었다. 읽고 있습니다, 내가 말했다. 다음날 그는 텔레비전 한 대와 VCR 한 대를 가지고 나타났다. 당신 거요, 내 고객이 선물한 거라는 거나 알아 두시오. 텔레비전을 보지 않는데요, 내가 말했다. 그렇다면 잘못하는 거요, 당신이 얼마나 많은 흥미로운 것들을 놓치고 있는지 모를 거요. 나는 퀴즈 쇼를 증오합니다, 내가 말했다. 몇 가지는 꽤 흥미롭소, 로메로가 말했다. 그들은 단순한 사람들이오, 전 세계와 맞서 싸우는 독학자들이지. 옛날 콘셉시온에서 지내던 시절에 비더가 독학자였던 게, 아니면 독학자가 되려고 했던 게 기억났다. 로메로, 나는 책을 읽습니다. 그리고 지금은 잡지들을 읽고 있고, 가끔은 글을 쓰기도 합니다. 그런 것 같소, 로메로가 말했다. 그러고는 바로 덧붙였다. 기분 나쁘게는 생각하지 마시오, 나는 아무것도 소유하지 않은 사제와 작가들을 늘 존경해 왔소. 폴 뉴먼의 영화[10]가 생각나는군. 노벨상을 받게 된 작가였는데, 오랜 세월 가명으로 추리 소설을 쓰며 생계를 유지했다고 고백했소. 나는 그런 부류의 작가들을 존경하오, 그가 말했다. 그런 사람들을 잘 모르시나 보군요, 내가 빈정대며 말했다. 로메로는 알아채지 못했다. 당신이 처음이오, 그가 말했다. 그러고 나서 그는 내가 살고 있는 하숙집에 텔레비전을 설치하라는 게 아니라 자기가 가져온 비디오 세 편을 보게 하려는 거라고 설명

---

10 「국제 음모The Prize」(1963). 어빙 월레스Irving Wallace 원작의 스파이 스릴러물. 노벨상 시상식을 둘러싼 음모에 주인공이 휘말려 들어 겪는 모험을 그리고 있다.

했다. 나는 순전히 두려워 웃었던 것 같다. 내가 말했다, 거기에 비더가 있다는 말씀은 하지 마십시오. 있소, 세 편의 영화에. 로메로가 말했다.

우리는 텔레비전을 설치했고, 비디오를 연결하기 전 로메로가 채널이 잡히는지 보려고 했지만 불가능했다. 안테나를 사야겠는걸, 그가 말했다. 그러고 나서 그는 첫 번째 비디오테이프를 틀었다. 나는 잡지들 앞, 탁자의 내 자리에서 일어나지 않았다. 로메로는 방에 있는 유일한 안락의자에 앉았다.

저예산 포르노 영화들이었다. 첫 번째 테이프 중간쯤(로메로가 위스키 한 병을 가지고 올라와 홀짝거리며 영화를 보았다) 나는 포르노 영화 세 편을 연달아 볼 자신이 없다고 그에게 솔직하게 말했다. 로메로는 끝날 때까지 기다렸다가 비디오를 껐다. 오늘 밤 당신 혼자 보시오, 찬찬히. 그가 위스키 병을 부엌 한쪽 구석에 두며 말했다. 배우들 중에서 비더를 알아봐야 하는 겁니까?, 나는 그가 떠나기 전에 물었다. 로메로는 수수께끼와 같은 미소를 지었다. 중요한 건 잡지들이오. 영화는 내 생각이었소. 보통 그렇게 해요.

그날 밤 나는 아직 보지 못한 영화 두 편을 마저 보고 다시 첫 번째 영화로 돌아갔다가 나머지 두 편을 또 보았다. 비더는 어디서도 모습을 드러내지 않았다. 로메로 역시 다음날 다시 모습을 드러내지 않았다. 나는 영화 건은 로메로의 장난이었다고 생각했다. 그럼에도, 내 집 안에서의 비더의 존재는 갈수록 더욱 강렬해졌다. 영화들이 어떤 방법으로 주문이라도 건 것 같았다. 유난 떨 것은 없소, 한번은 로메로가 나에게 말했다. 하지만 내 삶 전체가 시궁창이 되어 가는 느낌이었다.

로메로가 다시 돌아왔을 때 그는 최근 산 새 양복을 입어 근사한 모습이었으며, 나에게도 선물을 가지고 왔다. 나는 제발 옷이 아니기를 간절히 바랐다. 상자를 열어 보니 가르시아 마르케스의 소설과 — 이미 읽은 거지만 그에게는 아무 말도 하지 않았다 — 구두 한 켤레가 들어 있었다. 신어 보시오, 그가 말했다, 그 치수가 당신한테 맞기를 바라오, 스페인 구두는 프랑스에서 꽤 알아준다오. 나는 구두가 완벽할 정도로 딱 맞는 게 새삼 놀라웠다.

포르노 영화들의 수수께끼를 설명해 주십시오, 그에게 내가 물었다. 정상에서 벗어난, 뭔가 이상한 건 없었소? 뭔가 당신의 눈길을 끈 거 말이오. 그의 설명을 통해 나는 가족이 있는 칠레로 돌아가겠다는 계획을 제외하면 영화건, 잡지건, 그 모든 게 그에게는 눈곱만큼도 중요하지 않다는 걸 알았다. 유일하게 말씀드릴 수 있는 것은 하루가 다르게 내가 그 빌어먹을 비더에게 점점 집착한다는 겁니다, 내가 말했다. 그럼 그게 좋은 건가? 나쁜 건가? 농담하지 마십시오, 로메로. 좋소, 당신에게 한 가지 얘기를 해주겠소, 로메로가 말했다. 중위는 그 모든 영화들 속에 있소, 단지 카메라 뒤에 있을 뿐이지. 비더가 그 영화들을 감독했습니까?

아니, 로메로가 말했다. 사진가요.

그러고 나서 그는 타렌토 만(灣)의 한 저택에서 포르노 영화를 제작한 어느 그룹의 이야기를 나에게 들려주었다. 어느 날 아침, 그게 한 2년 전쯤 되었을 거요, 모두 죽은 채 발견되었소. 모두 6명이었지. 여배우 3명과 남자 배우 2명, 그리고 카메라맨. 감독 겸 제작자가 용의 선상에 올랐고 그는 곧 체포되었소. 또한 그 저택의 주인도 체포되었지. 그는 코릴리아노 출신의 변호사로 〈범죄 하드코어〉, 그러니까 가상이 아닌 진짜 범죄를 연출해 찍는 포르노 영화와 연관이 있었소. 모두 알리바이가 있어 풀려났소. 얼마 후 그 사건은 매듭지어졌고. 이 사건에서 카를로스 비더는 어디에 등장할까? 카메라맨이 한 명 더 있었소. R. P. 잉글리시란 사람이지. 그리고 그 사람은 이탈리아 경찰이 결코 행방을 찾지 못했소.

잉글리시가 비더였을까? 로메로는 수사를 시작하면서 그렇게 믿었고, 한동안 잉글리시를 알 만한 사람을 찾아 비더의 옛날 사진(비더가 비행기 옆에서 포즈를 취한 사진)을 들고 이탈리아 전역을 뒤지고 다녔지만, 마치 그 카메라맨이 존재조차 하지 않은 듯, 아니면 기억될 만한 얼굴을 가지고 있지 않은 듯, 그를 기억하는 사람은 아무도 없었다. 드디어, 그는 니메스의 한 병원에서, 로메로는 잉글리시와 작업했고 그가 어떤 사람이었는지 기억하는 여배우 한 명을 만나게 되었다. 여배우의 이름이 조안나 실베스트리였는데 정말 예뻤소,

로메로가 말했다. 장담컨대 내가 살면서 본 사람들 중에서 제일 예쁜 여자였소. 당신의 아내보다도 예뻤나요?, 내가 그의 약을 살짝 올리며 물었다. 여보게, 이제 내 아내는 어느 정도 노병(老兵)이고 그런 건 따질 필요도 없소, 로메로가 말했다. 나도 마찬가지입니다, 내가 거의 곧바로 덧붙였다. 중요한 건 그녀가 내가 본 사람들 중에서 가장 예쁜 여자였다는 거요. 정확히 말하자면 가장 마음씨 착한 처자였지. 그 앞에서 모자를 벗어야 할 여자, 내 말 믿으시오. 나는 그녀가 어땠는지 물었다. 금발에 키가 훤칠하고, 당신을 어린 시절로 되돌려 보내는 눈길. 슬픔과 강렬함이 섬광처럼 내비치는 벨벳 같은 눈길. 게다가 몸매가 끝내줬고 피부는 지중해에서 질리도록 볼 수 있는 올리브 톤을 띤 매우 하얀 피부였소. 깨어 있는 상태로 꿈을 꾸게 만드는 여자, 하지만 어렵고 힘든 순간을 함께 보내고 감당케 하는 여자이기도 하지. 그녀의 몸매와 피부, 현명한 눈길이 그 사실을 입증해 주었소. 나는 그녀가 일어나 있는 것은 한 번도 보지 못했지만 여왕 같았을 거라고 상상하오. 병원은 시설이 좋지 않았소. 그렇지만 오후면 환자들로 북적이는 작은 정원이 있었소. 환자 대부분은 프랑스와 이탈리아 사람들이었지. 마지막으로 만났을 때, 우리가 좀 더 많은 시간을 함께 보낼 수 있었을 때, 내가 그녀에게 내려가자고 청했소(어쩌면 방에서 단둘이 있으면 그녀가 지겨워할까봐 두려웠는지도 모르겠군). 그녀는 내려갈 수가 없다고 말했소. 우리는 프랑스어로 말했지만 그녀는 가끔 이탈리아어를 섞어 가며 말했소. 친구, 그 말은 이탈리아어로 말했소. 그녀가 내 얼굴을 물끄러미 바라보며 말했는데, 그때는 내 자신이 이 세상에서 가장 무력하고, 엿 같고, 아니면 불쌍한 놈처럼 느껴졌다오. 어떻게 설명해야 할지 모르겠군. 그 자리에서 그냥 울음을 터트릴 것 같았거든. 하지만 나는 자신을 추스렸고, 내 수중에 있는 사건과 연관된 일들에 대해 계속 대화해 보려고 노력했소. 그녀는 내가 칠레 사람이면서 잉글리시라는 사람을 찾아다니는 걸 재미있어했소. 칠레 형사님, 그녀가 미소를 띠며 나에게 말했소. 암고양이 같았달까, 침대에서 쿠션 몇 개를 등 뒤에 받치고 팔짱을 끼고 있는 모습이 말이오. 담요 밑으로 그녀의 다리가 삐쭉 나와 있는 모습은 이미 기적과도 같았소. 하지만 사람을 당혹스럽게 만드는 그런 기적이 아니라 사람을 차분하게, 말하자면, 전보다 훨씬 차분하게 만드는 공기와 같은 기적 말이오. 하느님 맙소사, 정말 아름다웠는데, 로메로가 느닷없이 외쳤다. 어디 아팠습니까? 죽어 가고 있었소, 로메로가 말했다. 그리고 그녀는 암캐보다 훨씬 외로웠다오. 나는 병원에서 이틀 오후를 보낸 후 어쨌든 그런 끔찍한 결론에 이르렀소. 그래도 그녀는 차분했고 정신이 맑았소. 그녀는 말하는 걸 좋아했소. 병문안이 기운을 북돋아 주는 것 같았지(병문안이 그리 많지 않았을 거요, 사실 내가 뭘 알겠소만은). 그녀는 항상 책을 읽고 있거나, 편지를 쓰거나, 헤드폰을 끼고 텔레비전을 보고 있었소. 시사지와 여성지도 읽었소. 그녀의 방은 매우 깔끔했고 냄새도 좋았소. 그녀도, 방도. 나는 그녀가 손님을 맞기 전 머리를 빗고 목과 양손에 오드콜로뉴나 향수를 뿌리는 모습을 상상하오. 그런 건 그냥 내가 상상만 할 수 있는 거라오. 그녀를 마지막으로 보았을 때, 우리가 헤어지기 전에 그녀는 텔레비전을 켜고 뭔지 모를 내용이 상영되는 이탈리아 채널을 찾았소. 나는 그게 그녀의 영화 중 하나일까봐 두려웠소. 당신에게 맹세코, 그때는 정말 뭘 어떻게 해야 할지 몰랐고 내 삶 전체가 뒤죽박죽된 기분이었소. 하지만 그건 그녀의 옛 친구가 나오는 인터뷰 프로그램이었소. 나는 그녀에게 악수를 건네고 나왔소. 문 앞에 이르러 나는 참지 못하고 다시 그녀를 바라보았소. 그녀는 이미 양쪽 귀에 헤드폰을 끼고는 희한하게도 전투적인 분위기를 풍기고 있었소. 달리 어떻게 표현해야 할지 모르겠는데, 마치 환자의 병실이 우주선의 지휘 통제실 같았고 그녀가 확신에 찬 손길로 그곳을 지휘하는 것 같았소. 결국 어떻게 되었습니까?, 이미 로메로를 놀릴 마음이 사라진 내가 물었다. 아무 일도 일어나지 않았소. 그녀는 잉글리시를 기억했고, 그를 꽤 자세히 묘사해 주었소. 하지만 그런 인상착의를 가진 사람만 해도 유럽에는 수천 명이 될 거요. 그리고 그녀는 비행사 시절의 옛 사진에서 그를 알아보지 못했소. 당연하지, 그새 20년도 더 흘렀는데, 친구. 아니요, 내가 말했다. 조안나 실베스트리가 어떻게 되었냐고요.

죽었소, 로메로가 말했다. 언제요? 그녀를 만나고 몇 달이 지난 후, 파리에 있을 때 「리베라시옹」지의 부고란에서 그 소식을 읽었소. 그럼 그녀의 영화는 한 번도 본 적이 없습니까?, 내가 물었다. 조안나 실베스트리의 영화? 아니, 여보게, 대체 무슨 생각을 하는 거요, 절대! 호기심으로도요? 그래도 절대, 나는 유부남인데다가 이미 나이도 많소, 로메로가 말했다.

그날 밤에는 내가 그를 저녁 식사에 초대했다. 우리는 리에라 거리에 있는 저렴하고 가족적인 식당에서 식사한 후 무작정 그 일대를 돌아다녔다. 영업 중인 비디오 가게 옆을 지나가게 되어 내가 로메로에게 따라 들어오라고 했다. 설마 그녀의 비디오를 빌리려는 건 아니겠지, 내 등 뒤로 그의 목소리가 들려왔다. 나는 당신의 묘사를 믿지 않습니다, 내가 그에게 말했다. 나는 그녀의 얼굴이 어떤지 보고 싶습니다. 포르노 영화는 가게 끝 쪽의 진열대 세 곳을 차지하고 있었다. 나는 전에 딱 한 번 비디오 가게에 들어와 본 것 같다. 안에서는 여러 생각으로 복잡했지만 그렇게 기분이 좋았던 적은 정말 오랜만이었다. 로메로는 한참을 찾았다. 그의 양손이, 시커멓고 덩굴처럼 생긴 양손이 비디오테이프 재킷을 훑고 지나가는 걸 보았고, 그것만으로도 나는 이미 기분이 좋아졌다. 이거요, 그가 말했다. 당신 말이 옳군요. 정말 아름다운 여자군요. 밖으로 나설 때 나는 그 비디오 가게가 동네에서 유일하게 열려 있는 가게라는 것을 알았다.

다음날, 로메로가 우리 집에 들렀을 때 나는 그에게 카를로스 비더를 알아볼 것 같다고 말했다. 그를 다시 만난다면 알아볼 수 있겠소? 글쎄요, 내가 대답했다.

9

 이것이 괴물들의 행성에서 내가 마지막으로 전하는 내용이다. 나는 빌어먹을 문학의 바다에는 이제 더 이상 잠겨 있지 않을 것이다. 앞으로는 검손한 마음으로 시를 쓰고, 굶어 죽지 않기 위해 일하며 출판은 하지 않을 생각이다.

 나의 탁자 위로 하나둘 쌓여 가던 잡지들 중에서 두 권이 나의 눈길을 끌었다. 다른 잡지들로는 정신병자와 정신 분열증 환자들에 대한 다양한 견본을 만들 수 있었겠지만, 그 두 권에만큼은 카를로스 비더가 관심을 보일 만한 모험의 독특함이, 〈충동〉이 들어 있었다. 둘 다 프랑스 잡지였다. 『유로 가제트』 1호와 『아라스 야간 경비병들의 잡지』 3호이다. 나는 그 두 권에서 각기 쥘 드포라는 사람의 비평을 발견했다. 『가제트』에서는 순전히 상황에 떠밀려 시의 형식을 취하기는 했지만 말이다. 그러나 그 전에 라울 들로르메와 〈야만적인 작가들〉이라는 그룹에 대해 말해야겠다.

 1935년에 출생한 라울 들로르메는 파리 시내의 어

느 건물 관리인이라는 확실한 일자리(더불어 군대에서 걸린 경미한 척추 질병을 가지고도 일할 수 있는)를 잡기 전에는 군인이었고 파리 중앙시장의 노동자였다. 1968년, 학생들이 바리케이드를 치고 미래의 프랑스 소설가들이 벽돌을 던져 학교 유리창을 깨거나 처음으로 성 경험을 치르는 동안, 그는 〈야만적인 작가들〉이라는 그룹 또는 운동을 창설하겠다고 결심했다. 그렇게 지식인들이 거리를 점령하는 동안 옛 용병은 데조 거리의 작은 수위실에 틀어박혀 자신의 새로운 문학 형태를 잡아 가기 시작했다. 훈련은 간단해 보이는 두 단계로 이뤄졌다. 은둔과 독서였다. 첫 단계를 위해서는 일주일 동안 먹을 수 있는 식량을 사재기하거나 단식해야 했다. 사람들이 불쑥 찾아오는 것을 막으려면 아무도 만날 수 없다거나 일주일 동안 여행을 떠났다거나 혹은 전염병에 걸렸다고 미리 알려 두는 것도 필수였다. 두 번째 단계는 좀 더 복잡했다. 들로르메에 의하면 걸작들과 하나가 되어야 했다. 이것은 정말이지 신기한 방법으로 이뤄졌다. 스탕달의 책 위에 똥을 싸고, 빅토르 위고의 책으로 코를 풀고, 자위를 해서 고티에나 방빌의 책 위에 정액을 쏟아 내고, 도데의 책 위에 토하고, 라마르틴의 책 위에 오줌을 싸고, 면도날로 상처를 낸 후 발자크나 모파상의 책 위에 피를 뿌리고, 들로르메가 인간화라고 부르는 타락의 과정을 거쳐 책들을 굴복시켜야 했다. 일주일 동안 〈야만적인〉 의식을 치른 후의 결과는 훼손된 책들이 널려 있고 불결함과 악취가 진동하는 아파트나 방이었다. 그곳에서 문학도는 벌거벗었든, 팬티를 입었든, 갓난아기 혹은 좀 더 적절히 표현하자면 물 밖으로 껑충 뛰어올라와 그곳에서 살기로 작정한 첫 번째 물고기처럼 고약하게도 극도로 흥분해서는 거침없이 독설을 퍼부었다. 들로르메에 의하면, 〈야만적인 작가〉는 그 경험을 통해 강해지며, 그리고 진정으로 중요한 것은, 글쓰기라는 예술에서 어느 정도의 앎을, 고전과의 〈실제적인 접근〉, 〈실제적인 동화(同化)〉(들로르메는 그렇게 불렀다)를 통해 지식을 얻는다는 것이다. 그것은 문화와 형식주의, 그리고 기교가 세운 모든 장벽을 깬 육체적인 접근이었다.

어떻게 가능했는지는 모르겠지만 얼마 지나지 않아 몇몇 추종자들이 생겼다. 배운 것도 없고 사회적으로 하류층에 속하는 그와 같은 사람들이었으며, 1968년 5월부터는 일 년에 두 번, 혼자던가 아니면 두 명이나 세 명, 네 명까지 그룹을 지어 작은 다락방이나 수위실, 호텔 방, 교외의 판잣집, 가게 골방, 약국 뒷방에 틀어박혀 새로운 문학의 도래를 준비했다. 들로르메에 의하면 모든 사람들이 소유할 수 있는 문학이지만 실제로는 불의 다리를 건널 수 있는 사람들만이 소유할 수 있는 문학이었다. 우선 그들은 프랑스의 거리나 광장에서 쉽게 볼 수 있는 셀 수 없는 헌책 벼룩시장 그 어디든 자리잡은 진열대 위에 두고 자신들이 직접 판매하는 팬진을 출간하는 걸로 만족했다. 당연히 〈야만적인 작가들〉 대부분은 시인이었다. 물론 몇몇 사람들은 단편소설을 쓰기도 하고, 몇몇 사람들은 짧은 극작품에 감히 도전하기도 했다. 그들이 출간하는 잡지들의 이름은 무미건조하거나 환상적이었다(『유로 가제트』에 간행물 리스트가 실려 있다). 〈내면의 바다〉, 〈프로방스 문학 회보〉, 〈툴롱의 예술과 문학잡지〉, 〈새로운 문학 학파〉 등등. 『아라스 야간 경비병들의 잡지』(실제로 아라스의 야간 경비병 조합이 출간한 것이다)에는 대표적이고 자세한 〈야만적인〉 선집이 들어 있었다. 〈열정에서 직업까지〉라는 부제 아래 들로르메와 사브리나 마르탱, 일세 크라우니츠, M. 풀, 앙투안 두바크, 앙투안 마드리드의 시들이 있었다. 각기 세 편과 두 편을 실은 들로르메와 두바크를 제외하고는 모두 시 한 편씩만 실었다. 시인들의 〈열정〉의 정도를 강조하기 위해 그들의 이름 밑에, 그리고 신분증 사진과 같이 호기심을 불러일으키는 사진 옆에 괄호를 치고 그들의 일상적인 직업을 독자들에게 알려주었다. 그렇게 크라우니츠는 스트라스부르에 있는 노인 병원의 보조 간호사이고, 사브리나 마르탱은 파리의 여러 집에서 가정부로 일하고 있고, M. 풀은 정육점 주인이고, 앙투안 마드리드와 앙투안 두바크는 파리 시내의 대로에 있는 비좁은 신문 가판대에서 점원으로 일하며 돈을 번다는 것을 알 수 있었다. 들로르메와 그 일당들의 사진은 은근히 사람들의 눈길을 끄는 뭔가가 있었다. 우선, 모두 카메라만 뚫어져라 쳐다보았기 때문에 독자들의 눈에는 마치 그들이 유치하게(아니면 적어도 헛되이) 최면을 시도하는 것처럼 보였다. 그다음으로는 한 명의 예외도 없이 모두 자신만만하고 확신에 차 보였다. 특히 웃음거리와 의심과는 확실히 대척점에 있었다. 잘 생각해 보면, 프랑스 문학도라는 점을 감안해 보면 이는 평범한 것일 수도 있었다. 연령 차가 두드러졌는데, 이 점이 〈야만적인 작가들〉 사이의 세대 간의 친밀감을 없앴다. 60세인 들로르메(그렇게 보이지는 않지만)와 분명 아직 22세도 되지 않은 앙투안 마드리드는 적어도 두 세대 차이가 났다. 두 잡지 모두에서 텍스트들은 그자비에 루베르라는 사람의 〈야만적인 글쓰기의 역사〉와 〈글쓰기에 대한 열정〉이라는 제목 아래 들로르메가 직접 쓴 일종의 성명서 다음에 실렸다. 두 글에서는 〈야만적인 글쓰기〉의 기원과 늘 순조롭지만은 않아 음성적으로 전개된 항해를 시작하는 몇몇 이정표에 대해 말했다. 오히려 들로르메의 글은 현학적이고 투박했지만, 루베르의 글은 놀라울 정도로 날렵하고 우아했다(아마도 그가 직접 작성한 것으로 보이는 짧은 도서 목록 메모가 그를 옛 초현실주의자, 옛 공산주의자, 옛 파시스트, 『세상의 오페라에 찬성하고 반대하는 달리』라는 제목이 붙여진 〈그의 친구〉인 살바도르 달리에 대한 책의 저자로 소개했다). 루베르와 들로르메의 서명이 실린 메모가 없었다면 교외 판자촌의 창작 교실에서 활발하게(활발하다기보다는 자발적으로) 활동하는 회원들일 거라고 쉽게 생각했을 수도 있다. 그들의 얼굴은 보잘것없었다. 사브리나 마르탱은 30대 정도로 우울해 보였고, 앙투안 마드리드는 사람들로 하여금 거리를 두게 하는, 음흉하고 눈에 띄지 않는 포주의 분위기를 풍겼다. 앙투안 두바크는 대머리에 근시인 40대였고, 크라우니츠, 그녀는 나이를 알 수 없는 사무직원의 모습 뒤로 불안한 에너지를 잔뜩 감추고 있는 것 같았다. M. 풀은 해골처럼 생겼는데, 〈방추형〉 얼굴에 솔처럼 자른 머리, 길쭉하고 뼈만 앙상한 코, 두개골에 바짝 붙은 귀, 툭 튀어나온 목젖을 가진 50대였다. 그리고 대장인 들로르메는 정확하게 자기 직업, 그러니까 옛 용병이었을 외모였고 의지가 강한 타입이었다(하지만 〈이〉 남자는 어떻게 책을 모독하면서 프랑스 구어체와 문어체를 향상시킬 생각을 한 것일까? 그의 인생 중 어느 순간에 그 〈의식〉에 대한 굵직한 선을 정의 내린 걸까?). 루베르(『아라스 야간 경비병들의 잡지』의 편집자는 그를 새로운 문학 운동의 세례 요한이라고 불렀다)의 글 옆에서 쥘 드포의 글이 발견되었다. 『잡지』에서는 수필이었고 『가제트』에서는 시였다. 수필에서는 문학과 상관 없는 사람이 짧고 강렬한 문체로 쓴 문학을 변론했다(이 경우 한편으로는 정치에서 벌어지고 있는 상황과 똑같은 것으로, 작가는 이를 기뻐하며 정치와 상관이 없는 사람이 정치를 해야 한다고 했다). 드포는 그런 식으로 이루어질 문학의 혁명이 어찌 보면 문학의 멸종이 될 것이라고 덧붙였다. 시인이 아닌 사람들이 시를 쓰고 독자가 아닌 사람들이 독서를 하게 될 테니 말이다. 나는 세상을 불사르기로 작정한 사람이라면 누구라도 이 글을 쓸 수 있었을 거라 생각했다. 루베르(그렇지만 문체가 완전히 달랐다. 루베르의 글에서는 한때 품위가 있었지만 지금은 빈정대며 독설을 내뱉는 늙은 유럽인이라는 티가 났다. 루베르에게 문학은 까마득히 먼 지상에서 바라본 허리케인이 아니라 어디로 물살이 흐를지는 몰라도 어쨌든 항해가 가능한 강이었다)나 들로르메(19세기 프랑스 문학 작품을 수백 권이나 난도질한 다음에 끝내는 산문 쓰는 법을 배웠다고 가정하면 말이다. 하지만 그다지 개연성이 없는 가정이다)가 쓴 글일지도 몰랐다. 그러나 전직 건물 관리인이었던 파리지앵의 정신적 지주 격인 드포는 카를로스 비더가 분명하다는 느낌이 들었다.

시에 대해서는 딱히 덧붙일 말이 없다(이렇게 말하면 고인에게 욕이 되겠지만 나는 이 서술시를 읽으면서 존 케이지가 쓴 시적인 일기의 몇몇 구절을 떠올렸다. 케이지의 글에다가 성난 일본인이 프랑스어로 번역한 훌리안 데 카살이나 마가야네스 모우레 풍의 시구를 끼워 넣은 꼴이었다). 그것은 진지할 대로 진지한 카를로스 비더 식 유머의 결정판이었다.

10

 나는 두 달이 지날 때까지 로메로를 다시 만나지 못했다.
 그가 바르셀로나로 돌아왔을 때는 훨씬 여위어 있었다. 쥘 드포의 행방을 알아냈소, 그가 말했다. 내내 여기 옆에, 우리 바로 옆에 있었더군. 누가 상상이나 할 수 있었겠소, 그렇지 않소? 로메로의 미소가 나를 소름끼치게 했다.
 그는 훨씬 여위었고 어떤 면에서는 개와 비슷했다. 자, 갑시다. 그는 돌아온 당일 오후에 바로 명령을 내렸다. 그는 우리 집에 트렁크를 놔두고, 떠나기 전에 문을 열쇠로 잘 잠갔는지 확인했다. 모든 게 그렇게 빨리 돌아갈 줄은 몰랐습니다, 나는 간신히 말했다. 로메로가 복도에서 나를 보며 말했다. 준비하시오, 우리는 잠시 여행을 떠나야 하오, 이제 가면서 얘기해 주겠소. 우리가 진짜 그를 찾아낸 겁니까?, 내가 물었다. 내가 왜 복수형을 사용했는지는 모르겠다. 우리가 쥘 드포를 찾아냈소, 그는 대답한 후 많은 것이 담긴 모호한 표정을 지으며 고개를 끄덕였다. 나는 몽유병자처럼 그를 따라나섰다.

내가 바르셀로나를 떠나지 않은 게 몇 달은, 어쩌면 몇 년은 되는 것 같다. 그리고 플라사 카탈루냐 역(나의 집에서 몇 미터 떨어진)이 나에게는 완벽하게 낯설게, 찬란하게, 뭐에 쓰이는지도 모르는 새로운 장치들로 가득 차 보였다. 나 혼자였다면 로메로처럼 민첩하고 재빠르게 움직이지 못했을 것이다. 로메로는 그 사실을 눈치 챘는지, 아니면 안 봐도 내가 둔한 여행자라는 것을 미리 알았는지 플랫폼 쪽으로 나가지 못하게 막아 놓은 기계들 사이로 길을 안내했다. 그러고 나서, 묵묵히 몇 분을 기다린 후, 우리는 교외로 가는 기차를 타고 토르데라 강을 지나 코스타 브라바의 시작인 블라네스가 나올 때까지 마레스마 해안을 따라갔다. 바르셀로나를 떠나면서 나는 그에게 돈을 주는 사람이 누구인지 물었다. 한 동포, 로메로가 말했다. 우리는 지하철역 두 곳을 지나쳤고 잠시 후 교외로 나왔다. 갑자기 바다가 모습을 드러냈다. 목 없는 목걸이 알들이 허공에 매달려 있는 듯 쭉 이어져 있는 바닷가를 희미한 해가 비추고 있었다. 한 동포? 대체 그 사람은 이 모든 일에 무슨 관심이 있는 겁니까? 그건 당신이 모르는 게 낫소, 로메로가 말했다. 머릿속으로만 그려 보시오. 돈은 많이 줍니까?(돈을 많이 준다면, 내 생각에, 이번 수사의 최종 결말은 단 한 가지밖에 없었다) 충분히, 최근에 부자가 된 동포요. 그가 한숨을 내쉬었다. 하지만 외국이 아닌 바로 칠레에서 부자가 되었소. 인생이란 이렇다오, 칠레에는 요즘 부자가 되는 사람들이 꽤 되는 것 같소. 나도 그런 얘기를 들었습니다, 나는 빈정대는 투로 들리도록 말했지만 단지 서글프게만 들렸을 뿐이다. 그럼 당신은 그 돈으로 뭘 할 겁니까? 여전히 칠레로 돌아갈 생각입니까? 그렇소, 나는 돌아갈 거요, 로메로가 말했다. 한참 있다가 그가 덧붙였다. 계획이, 실패할 리가 없는 사업이 있소. 나는 그 사업을 파리에서 구상했고 실패할 리가 없소. 그게 어떤 계획인데요?, 내가 물었다. 사업. 나만의 사업을 차릴 거요. 나는 가만히 있었다. 모두 사업을 하겠다는 생각으로 돌아갔다. 나는 모더니즘 건축 양식으로 지어진, 정원에 높은 야자수 한 그루가 드리워져 있는 아주 아름다운 집 한 채를 기차 차창 너머로 바라보았다. 나는 장례식을 주관하는 사업가가 될 생각이오, 로메로가 말했다. 처음에는 작게 시작하겠지만 곧 번창할 거라 믿소. 나는 그가 농담하는 줄 알았다. 실없는 소리 하지 마십시오, 내가 말했다. 나는 당신에게 진지하게 말하는 거요. 비법은 돈이 없는 사람들에게 남부럽지 않은 장례를 치를 수 있게 해주는 데 있소. 심지어 어느 정도는 우아하게라고도 말할 수 있지(이 점에 있어서는 프랑스인들이, 내 말을 믿으시오, 최고요). 프티 부르주아에게는 부르주아다운 장례를, 프롤레타리아에게는 프티 부르주아다운 장례를 치르게 해주는 거

1 포도를 증류해서 만든 독주. 우리나라의 소주처럼 서민적인 술이다.

요. 여기에 모든 것의 비밀이, 장례 사업만이 아니라 전반적인 인생의 비법이 들어 있소! 잠시 후 그가 덧붙였다. 친지들에게 잘해 줘야 하오, 그 어떤 시신이라도 간결함, 격조, 도덕적 우위를 느낄 수 있게 해줘야 하오. 처음에는 볼품없겠지. 그가 말할 때 기차는 바달로 나를 뒤로하고 있었다. 나는 앞으로 우리가 진짜 무슨 일을 하게 될지 생각하기 시작했다. 제대로 갖춰 놓은 방 세 개만 있으면 충분할 거요. 하나는 사무실로 쓰면서 시신을 염하는 데 쓰고, 하나는 장례식장으로, 마지막 하나는 의자와 재떨이를 갖다 놓고 대기실로 쓰게 될 거요. 이상적인 것은 시내 근처에 이층짜리 집을 빌리는 건데. 위층은 살림집으로 쓰고 아래층은 장례식장으로 쓰게 말이요. 사업은 가족들끼리 할 생각이요. 아내와 아들이 나를 도울 수 있지(물론 내 아들에 대해서는 그렇게 자신할 수 없지만). 하지만 마음씨 착한 하녀 이외에 젊고 신중한 여비서를 채용하는 것도 괜찮을 거요. 밤샘할 때나 장례를 치를 때 젊은 사람이 육체적으로 가까이 있으면 얼마나 고마운지 이미 당신도 잘 알거요. 물론 세 번에 두 번은 사장이(사장이 없을 경우에는 보조 중 한 명이) 직접 나가 고인의 가족들과 친구들에게 피스코[1]나 다른 음료를 권해야 할 거요. 이건 친절하고 요령 있게 해야 하오. 죽은 사람이 자기 친척은 아니지만 절차만큼은 자신의 경험과 무관하지 않다는 걸 제대로 보여 주면서 말이오. 나지막한 목소리로 말해야 하고, 흥분할 수 있는 일들은 피해야 하고, 손을 잡아 주고, 왼손으로 팔꿈치를 잡아 기운을 북돋워 주고, 누구를 언제 끌어안아 줘야 할지 알아야 하고, 정치든, 축구든, 일상이든, 아니면 일곱 가지 큰 죄든 말다툼이 일어나면 중재해야 하고, 하지만 정년 퇴임한 사람 좋은 판사처럼 편들지는 말아야 하오. 관으로 3백 퍼센트까지 이익을 낼 수 있소. 경찰에서 근무하던 시절 산티아고에서 의자를 제작하던 한 친구를 알고 있소. 요전 날 그 일로 그와 통화했는데 그가 의자와 관은 별반 차이가 없다고 했소. 첫 해는 검은 트럭 한 대면 될 거요. 그 일은, 날 믿어도 좋소, 땀보다는 친화력을 요구하오. 그리고 외국에서 그렇게 오랜 세월 살아 얘기할 거리가 많다면……. 칠레에서는 그런 거라면 환장들 하지.

하지만 나는 이미 로메로의 얘기를 듣고 있지 않았다. 나는 비비아노 오리안을, 뚱보 포사다스를, 바로 코앞에 있는 바다를 생각하고 있었다. 한순간 콘셉시온의 한 병원에서 일하며 결혼해 적당히 행복해하는 뚱보를 상상해 보았다. 그녀의 뜻과는 달리 악마와 절친한 사이가 되었지만, 그녀는 살아 있었다. 나는 심지어 그녀에게 자식들이 있는 모습을, 그녀가 신중하고 균형 있는 독자로 변해 있는 모습을 상상해 보았다. 그러고 나서 칠레에 남아 비더의 흔적을 쫓고 있는 비비아노 오리안을 보았다. 그는 구두 가게에서 일하며 반신반의하는 중년층 여자들이나 구매력이 없는 아이들

2 Sherpa. 네팔의 산악 부족, 히말라야의 안내인.

에게 신발을 신겨 준다. 그는 더도 덜도 말고 예수처럼 서른세 살까지 한 손에는 구둣주걱을 들고 다른 손에는 불쌍한 바타 구두 상자를 들고 미소를 지었지만 마음은 다른 데 가 있다. 그 후 성공리에 책들을 출간하고, 산티아고 도서전(그런 게 있는지는 모르겠다)에서 책에 서명하고, 미국의 여러 대학에서 초청 교수로 잠시 가르치고, 새로운 칠레 시나 현대 칠레 시에 대해 경박하게 논의하고(소설에 대해 말할 때는 진지할 테니 경박하게), 나를 인용하는 그를 본다. 물론 나는 순전히 의리 아니면 동정 때문에 그 리스트의 맨 마지막에 들어 있을 것이다. 유럽의 공장들에서 길을 잃은 묘한 시인...... 나는, 그렇다, 자기 분야에서 정상을 향해 세르파[2]처럼 앞을 향해 전진하는 그를 본다. 그는 갈수록 존경받고, 갈수록 유명해지고, 과거와 확실하게 빚을 청산할 수 있는 이상적인 지위로 돌아와 갈수록 돈도 많아졌다. 나는 갑자기 우울해져서 그랬는지, 아니면 그리워서 그랬는지, 건강한 질투(게다가 칠레에서 그 말은 가장 잔혹한 질투와 동의어이다)가 나서 그랬는지는 모르겠지만 잠시 로메로 뒤에 비비아노가 있을 수 있다는 생각이 들었다. 내가 로메로에게 그 말을 했다. 당신 친구는 나를 고용하지 않았소, 로메로가 말했다. 그는 나에게 착수금조차 낼 돈도 없을 거요. 내 고객은 정말 돈이 있소. 알겠소? 그는 은밀한 톤이 나올 때까지 목소리를 낮췄지만 가짜처럼 들렸다. 알았습니다, 내가 말했다. 문학은 정말 서글프군요. 로메로가 미소를 머금었다. 바다를 보시오, 들판을 보시오, 얼마나 아름다운가. 나는 창문 너머를 바라보았다. 한쪽에서는 잔잔한 바다가 펼쳐졌고, 다른 쪽에서는 마레스메 해안의 과수원들에서 흑인들이 열심히 일하고 있었다.

기차가 블라네스에서 멈춰 섰다. 로메로는 내가 알아듣지 못한 무슨 말인가를 했고, 우리는 내렸다. 나는 다리에 경련이 인 듯 고통스러웠다. 역 앞에, 네모나지만 원형으로 보이는 작은 광장에 빨간 버스 한 대와 노란 버스 한 대가 주차되어 있었다. 로메로가 껌을 산 후 나에게 두 버스 중에서 우리가 어떤 버스를 탈 것 같냐며 물었다. 초췌해진 내 얼굴을 보고 긴장을 풀어 주려고 그런 것 같다. 빨간 버스요, 내가 말했다. 맞았소, 로메로가 말했다.

버스는 우리를 요레트에 내려 주었다. 한참 건조한 봄이라 관광객들은 많지 않았다. 우리는 내리막길로 내려갔다가 오르막길 두 곳을 올라가 여름 피서객들이 묵는 콘도가 모여 있는 지역에 도착했는데, 그곳은 대부분 비어 있었다. 침묵이 묘했다. 마치 우리가 목장이나 농장 바로 옆에 있기라도 한 듯 멀리서 동물들의 소리가 들려왔다. 저 황량한 건물들 중의 한 곳에 카를로스 비더가 살고 있었다.

내가 어떡하다가 여기까지 오게 된 걸까?, 나는 생각했다. 이 거리까지 오기 위해 얼마나 많은 거리들을 거쳐야 했단 말인가?

기차에서 나는 들로르메를 찾는 데 애먹었냐며 로메

로에게 물었다. 그는 아니라고, 간단했다고 대답했다. 그는 아직 파리에서 수위로 일하고 있었고, 그는 모든 방문을 홍보 수단으로 여기고 있었소. 나는 기자처럼 행동했소, 로메로가 말했다. 그가 그 얘기를 믿던가요? 당연히 믿었소. 나는 그에게 콜롬비아의 한 신문에서 〈야만적인 작가들〉에 대한 모든 이야기를 실으려고 한다고 했소. 들로르메는 작년 여름에 요레트에 왔었소. 실제로도 드포가 묵고 있는 아파트는 그 그룹 작가들 중 한 명의 소유요. 불쌍한 드포, 내가 말했다. 로메로는 내가 무슨 어리석은 말이라도 한 듯 나를 바라보았다. 나는 그런 사람은 불쌍하지 않소, 그가 말했다. 이제 그 건물이 거기 있었다. 높고, 넓고, 서민적이었다. 한참 관광객들이 붐비던 시절에 지은 전형적인 건물로, 발코니는 허전했고 건물 입구는 개성도 없고 잘 가꿔 놓지도 않았다. 내 결론은 이랬다. 틀림없이 그곳에는 아무도 살지 않아, 지난여름의 조난자들과 몇몇 사람들만이 살겠지. 나는 비더가 어떤 운명에 처해 있는지 알고 싶다며 계속 우겼다. 로메로는 나에게 대답하지 않았다. 피는 원치 않습니다. 그 거리에서 지나다니는 사람들은 우리 둘뿐이었지만 나는 누군가 내 말을 듣고 있기라도 한 듯 중얼거렸다. 바로 그 순간 나는 로메로, 그리고 비더가 사는 건물을 보지 않고 피했다. 계속 반복되는 악몽을 꾸고 있는 기분이었다. 나는 생각했다. 깨어나면 어머니가 햄 샌드위치를 만들어 줄 테고, 나는 학교에 갈 거야. 하지만 나는 깨어나지 않을 것이다. 그는 여기 살고 있소, 로메로가 말했다. 건물은, 동네 전체는 다음 관광 철이 시작되길 기다리면서, 텅 비어 있었다. 한순간 나는 우리가 안으로 들어가는 줄 알고 한 순간 멈추섰다가, 비더의 집 현관을 넘어서려는 동작을 취했다. 계속 걸어가시오, 로메로가 말했다. 그의 목소리는 삶이란 늘 좋지 않게 끝나며 흥분할 필요가 없다는 것을 아는 사람의 목소리처럼 차분했다. 그의 손이 내 팔꿈치를 스치는 게 느껴졌다. 그가 말했다. 계속 똑바로 가시오, 뒤를 돌아보지 말고. 우리가 이상한 커플처럼 보였을 거라는 생각이 든다.

건물은 화석이 된 새의 모습과 흡사했다. 한순간 나는 모든 창문에서 카를로스 비더의 눈이 나를 지켜보고 있다는 느낌이 들었다. 나는 로메로에게 말했다. 점점 긴장되는데요. 표가 많이 납니까? 아닐세, 친구. 로메로가 말했다. 당신은 아주 제대로 처신하고 있소. 로메로는 침착해 보였고 그 점이 나를 안심시켜 주었다. 우리는 거리를 몇 개 더 지나 어느 바 앞에서 멈춰 섰다. 그 동네에서 유일하게 문을 연 가게 같았다. 바의 이름은 안달루시아풍이었고, 내부는 전형적인 세비야 주점 분위기를 효과적이라기보다는 우울하게 살려 냈다. 로메로가 문 앞까지 나와 동행해 주었다. 그는 자기 시계를 보았다. 잠시 후, 얼마 후인지는 나도 모르겠소만, 그가 커피를 마시러 올 거요. 만일 그가 모습을 드러내지 않는다면? 매일 들른다네, 로메로가 말했다. 그건 확실하고 오늘도 들를 거요. 하지만 오늘 들르지 않는다면? 그렇다면 우리가 내일 다시 오면 되오. 하지만 그는 들를 거요, 거기에는 의심의 여지가 없소. 내가 고개를 끄덕였다. 주의해서 그를 살펴보고 나중에 나에게 말해 주시오, 자리에 앉아 꼼짝도 하지 말고. 꼼짝도 하지 않는 건 어려울 것 같습니다, 내가 말했다. 시도 해 보시오. 내가 그에게 미소를 지으며 말했다. 그냥 농담한 겁니다. 긴장해서 그런가 보군, 로메라가 말했다. 날이 어두워지면 당신을 찾으러 오겠소. 우리는 약간 둔하게 손을 꽉 잡으며 악수했다. 읽을 책은 가져왔소? 네, 내가 말했다. 어떤 책이오? 내가 그에게 책을 보여주었다. 좋은 생각인지는 모르겠군, 로메로가 갑자기 주저하며 말했다. 잡지나 신문이 나을 텐데. 걱정하지 마십시오, 내가 아주 좋아하는 작가입니다. 로메로가 마지막으로 나를 바라보며 말했다. 그럼, 좀 있다가 봅시다. 그리고 20년 넘게 시간이 흘렀다는 사실을 명심하시오.

바의 길쭉한 창문들 너머로 바다와 아주 푸른 하늘이, 그리고 연안 근처에서 작업 중인 작은 고깃배들이 보였다. 나는 카페오레 한 잔을 주문하고 마음을 가라앉혀 보려고 노력했다. 심장이 가슴 밖으로 튀어나올 것만 같았다. 바는 거의 텅 비어 있었다. 한 여자가 테이블에 앉아 잡지를 읽고 있었고, 두 남자는 바에서 서빙하는 남자와 대화인지 토론인지를 하고 있었다. 나는 책을 펼쳤다. 후안 카를로스 비달이 번역한 브루노 슐츠의 『전집(全集)』으로, 나는 그 책을 읽어 보려고 노력했다. 몇 페이지를 읽은 후 전혀 이해하지 못했다는 사실을 깨달았다. 읽고는 있었지만 단어들이 신비로운 세상에서 부지런히 꼼지락거리는 불가해한 딱정벌레들처럼 지나갔다. 나는 다시 비비아노와 뚱보를 생각했다. 이미 너무나도 멀리 있는 가르멘디아 자매나 다른 여자들은 생각하고 싶지 않았지만, 그녀들 또한 생각났다.

아무도 바에 들어오지 않았고, 아무도 움직이지 않았고, 시간이 멈춰 선 것 같았다. 나는 불안해지기 시작했다. 바다에 떠 있는 낚싯배들이 범선들로 바뀌었고(그래서, 나는 생각했다, 〈바람이 불고 있는 게 분명해〉) 해안선은 잿빛으로 단조로웠고, 걸어가는 사람들이나 텅 비어 있는 넓은 보도 위로 페달을 밟으며 자전거를 타고 지나가는 사람들이 아주 가끔씩 보였다. 걸어가면 해안까지 5분 정도 걸릴 거라고 계산했다. 모든 길이 내리막길이었다.

하늘에는 구름조차 보이지 않았다. 이상적인 하늘이군, 나는 생각했다.

그때 카를로스 비더가 도착해 창문 옆에, 세 테이블 정도 떨어진 곳에 앉았다. 한순간(그 순간 나는 숨이 멎는 줄 알았다) 나는 그에게 딱 달라붙어 있는 내 자신을, 끔찍한 샴쌍둥이를 보았다. 나는 그의 어깨 너머로 그가 막 펼친 책(과학 책, 지구 온난화에 대한 책, 우주의 기원에 대한 책)을 보고 있었다. 내가 지나치게 가까이 있어 그가 눈치채지 않을 수가 없었다. 하지만 로메로가 이미 말했듯이 비더는 나를 알아보지 못했다.

그는 늙어 보였다. 분명 나만큼 그도 늙었다. 하지만 아니다. 그는 훨씬 많이 늙었다. 살도 많이 찌고, 주름 투성이 였으며, 실제로는 나보다 두 살이나 세 살 정도 많았지만 나보다 최소한 열 살은 더 들어 보였다. 그는 바다를 바라보며 담배를 피우다가 이따금 책에 눈길을 주었다. 나와 마찬가지로. 나는 그 사실을 발견한 후 자지러지게 놀라 얼른 담배를 끄고 책에 열중해 보려고 노력했다. 한순간 브루노 슐츠의 단어들이 거의 견디기 어려운 괴물과 같은 부피로 다가왔다. 비더의 생기 없는 눈이 나를 유심히 관찰하고 있다는 느낌이 들었고, 그와 동시에 내가 지나치게 서둘러 넘기고 있는 페이지에서 전에는 글자였던 딱정벌레들이 눈으로, 브루노 슐츠의 눈으로 바뀌어 몇 번이고 떴다 감았다를 반복하는 것 같았다. 하늘처럼 맑은 눈이, 바다의 수면처럼 반짝이는 눈이 칠흑 같은 어두움 한복판에서 몇 번이고 떴다 감았다를 반복하며 끔벅이는 것 같았다. 아니다, 칠흑 같은 어둠은 아니었다. 먹구름 안에 들어있는 듯 희뿌연 어둠이었다.

내가 카를로스 비더를 다시 보았을 때 그는 옆으로 앉아 있었다. 그가 엄한 타입이라는 생각이 들었다. 몇몇 라틴 아메리카 사람들만이 — 40대를 넘긴 사람들만이 — 그렇듯이. 유럽인이나 미국인들이 엄한 것과는 많이 다른 엄격함이었다. 슬프고 대책 없는 엄격함.

하지만 비더(가르멘디아 자매들 중 적어도 한 명이 사랑했던 비더)는 슬퍼 보이지 않았다. 그런데 그는 그곳에서 바로 그 무한한 슬픔을 뿜어내고 있었다. 그는 〈어른〉처럼 보였다. 하지만 그는 어른이 아니었다. 나는 즉시 그것을 알았다. 그는 자기 자신의 주인처럼 보였다. 그리고 그의 방식대로, 그의 법 안에서, 그게 뭐가 됐든지, 그 조용한 바 안에서 그는 우리 누구보다 훨씬 자기 자신의 주인이었다. 그는 그 순간 바닷가 옆을 지나는 사람들, 임박한 관광 철을 대비하느라 눈에 보이지 않는 많은 사람들보다 훨씬 자기 자신의 주인이었다. 그는 엄격했고, 아무것도 소유하지 않았다. 아니면 아주 조금만 소유했고 이를 그다지 개의치 않는 것 같았다. 그는 힘든 시기를 지나고 있는 것 같았다. 긴장감을 잃지 않고 기다릴 줄 아는 사람같았다. 아니면 흥분해 꿈을 꾸려는 사람같기도 했다. 시인 같지는 않았다. 옛 칠레 공군 장교 같지는 않았다. 전설적인 살인마 같지는 않았다. 허공에 시를 쓰기 위해 남극으로 날아간 사람 같지는 않았다. 멀리서 봐도 그건 아니었다.

해가 저물기 시작할 무렵 그가 자리에서 일어났다. 그는 바지 호주머니에서 동전 한 개를 찾아 얼마 되지 않는 팁을 테이블 위에 남겨 놓았다. 나는 내 등 뒤로 문이 닫히는 느낌이 든 순간 웃어야 할지 울어야 할지 분간이 되지 않았다. 나는 안도의 한숨을 내쉬었다. 해방되었다는 느낌과 문제가 끝났다는 느낌이 너무나도 강렬해, 바에 있던 사람들의 호기심을 불러일으킬까봐 두려웠다. 두 남자가 세상의 시간을 모두 가진 듯 낮은 어조로 이야기하면서(일종의 논쟁을 벌이면서) 바 옆에 죽치고 있었다. 웨이터는 입에 담배를 물고, 가끔 잡지에서 눈을 들어 자기에게 미소를 짓는 여자를 관찰하고 있었다. 여자는 30대 정도로 보였고 옆모습이 매우 아름다웠다. 생각에 잠긴 그리스 여인 같았다. 또는 변절한 그리스 여인. 나는 갑자기 시장기가 들면서 행복해졌다. 웨이터에게 손짓을 했다. 나는 프로슈토 햄을 넣은 샌드위치와 맥주 한 병을 주문했다. 웨이터가 서빙을 하는 동안 우리는 몇 마디 주고받았다. 그러고 나서 나는 다시 책을 읽기 시작했지만 소용없었고, 그래서 나는 먹고, 마시고, 창가에서 바다를 바라보며 로메로를 기다리기로 했다.

한참 후 로메로가 도착해 우리는 그곳을 떠났다. 처음에는 우리가 비더의 건물에서 멀어지는 줄 알았지만 사실은 그곳을 맴돌기만 할 뿐이었다. 그가 맞소?, 로메로가 물었다. 그렇습니다, 내가 그에게 대답했다. 의심의 여지없이? 절대 의심의 여지가 없습니다. 나는 시간의 흐름에 대해(바보 같은 짓이었다. 그러니까 시간은, 비더와 관련해서는, 바위와도 같았다) 뭔가 도덕적이고 미적인 얘기를 덧붙이려고 했지만 로메로가 발걸음을 재촉했다. 그가 일을 하고 있군, 나는 생각했다. 우리가 일을 하고 있는 거지, 나는 몸서리치며 생각했다. 우리는 달빛으로 빛나는 하늘 아래 비더의 건물이 윤곽을 드러낼 때까지 계속 침묵을 지키며 거리와 골목들을 돌아다녔다. 마술 봉 또는 그 어느 고독보다 훨씬 강력한 고독으로 건드리는 순간 그의 존재 앞에서 녹아내리는 여느 건물들과는 다른, 특이한 건물이었다.

곧 우리, 로메로와 나는 식물원처럼 수풀이 우거진 작은 공원으로 들어섰다. 로메로가 나뭇가지들 사이에 거의 파묻혀 있다시피 한 벤치 하나를 가리켰다. 여기서 기다리시오, 그가 말했다. 나는 처음에는 고분고분히 앉았다. 그러고는 어둠 속에서 그의 얼굴을 찾았다. 그를 죽일 겁니까?, 내가 웅얼거렸다. 로메로는 내가 볼 수 없었던 표정을 지었다. 여기서 기다리던지 아니면 블라네스 역으로 가서 첫 기차를 타시오. 나중에 바르셀로나에서 만납시다. 그를 죽이지 않는 게 좋을 것 같습니다, 내가 말했다. 그런 일로 우리가, 당신과 내가 망가져서는 안 됩니다. 그리고 그것은 불필요한 일입니다. 그 작자는 이제 아무에게도 해코지하지 않을 겁니다. 나는 분명 망가지지 않소, 로메로가 말했다, 오히려 돈이 두둑이 생길 거요. 그가 아무한테도 해코지하지 않는다는 것에 대해서는, 내가 당신에게 무슨 말을 하겠소. 사실 그건 우리도 모르는 일이오. 우리는 알 수 없소. 당신도 나도 신이 아니니. 우리는 우리가 할 수 있는 것만 할 뿐이오. 그 이상은 아니오. 나는 그의 얼굴을 볼 수 없었지만 목소리(절대 꼼짝도 않는 몸에서 흘러나온 목소리)로 그가 합리적이기 위해 애쓰고 있다는 것을 알았다. 그럴 가치가 없습니다, 내가 우겼다. 모두 끝난 일입니다. 이제는 아무도 아무에게 해코지하지 않을 겁니다. 로메로가 내 어깨를 손바닥으로 다독였다. 그건 당신이 참견하지 않는 게 낫소, 그가 말했다. 곧 돌아오겠소.

나는 멀어져 가는 로메로의 발자국 소리를 들으면서 어두컴컴한 나무들을, 바람결에 그림을 그리며 서로 얽히고설키는 나뭇가지들을 관찰하며 앉아 있었다. 나는 담배에 불을 붙이고 사소한 일들을 생각했다. 예를 들어, 시간. 지구 온난화. 점점 멀어져 가는 별들.

나는 비더를 생각해 보려고 노력했다. 자신의 아파트에 홀로 있는 그를 그려 보려고 노력했다. 나는 무인칭을 선택한다. 텅 비어 있는 8층 건물의 4층에서, 텔레비전을 보고 있거나 아니면 안락의자에 앉아 술을 마시고 있는, 로메로의 그림자가 서슴없이 그를 만나러 미끄러져 가는 동안. 나는 비더를 상상해 보려고 노력했다. 하지만 그럴 수가 없었다. 혹은 그렇고 싶지 않았다.

30분 후 로메로가 돌아왔다. 종이들이 들어 있는 파일 하나를 팔 아래 끼고 있었다. 고무 밴드로 묶은 학생용 파일이었다. 종이들은 두툼했지만 그렇게 많이 두꺼운 건 아니었다. 파일은 공원의 나무들처럼 초록색이었고, 약간 구겨졌다. 그게 다였다. 로메로는 달라 보이지 않았다. 전보다 더 나아지지도, 못하지도 않았다. 숨소리도 차분했다. 그를 본 순간 그가 에드워드

G. 로빈슨[3]과 똑같아 보였다. 고기를 가는 기계 안으로 에드워드 G. 로빈슨이 들어갔다가 바뀌어 나온 것 같았다. 훨씬 여위고, 피부는 훨씬 어둡고, 머리숱은 더 많지만 입술도 똑같고, 코도 똑같고, 특히 눈이 똑같았다. 알고 있는 눈. 모든 가능성을 믿고 있지만 그와 동시에 아무 해결책도 없다는 것을 〈아는〉 눈. 갑시다, 그가 말했다.

우리는 요레트에서 블라네스 역까지는 버스를 탔고, 그 후 바르셀로나까지는 기차를 탔다. 여행 내내 로메로가 두 번 대화를 시도했다. 한번은 스페인 기차들의 〈대놓고 모던한〉 미학을 칭찬했다. 또 한번은 안타깝게도 캄 노우에서 바르셀로나의 경기를 보지 못할 거라고 했다. 나는 아무 말도 하지 않았거나 아니면 단음절로 대답했다. 대화를 계속할 기분이 아니었다. 차창 너머로 보이는 밤이 아름답고 차분했던 게 기억난다. 몇몇 역에서는 장난이라도 치듯 사내아이들과 여자아이들이 올라탔다가 다음 마을에서 내렸다. 분명 근처 클럽으로 놀러 가는 거다. 가격도 싸고 거리도 가까우니까. 모두 미성년자였고, 몇몇 아이들은 영웅이라도 된 듯 행동했다. 행복해 보였다. 그러고 나서 우리는 좀 더 큰 역에 멈췄고, 한 무리의 노동자들이 올라탔다. 아이들의 아버지일 수도 있겠다. 그러고 나서, 언제였는지는 모르겠는데, 우리는 터널을 여럿 통과했

---

3 Edward G. Robinson(1893∼1973). 「리틀 시저」(1930)에서 주인공 갱 역할을 맡아 시대의 아이콘으로 떠오른 루마니아 출신의 배우.

고, 기차 칸의 불들이 꺼지자 누군가, 10대 여자아이가 소리 질렀다. 그 때 나는 눈을 들어 로메로의 얼굴을 보았는데, 그는 아무 변화가 없었다. 마침내 플라사 카탈루냐 역에 도착했을 때 우리는 말할 수 있었다. 나는 그에게 어떻게 되었느냐고 물었다. 로메로가 말했다. 그런 일이 다 그렇듯, 당신도 알겠지만, 힘들었소.

우리는 내 집까지 걸어갔다. 거기서 그는 트렁크를 열더니, 봉투 하나를 꺼내 나에게 내밀었다. 봉투에는 30만 페세타가 들어 있었다. 이렇게 많은 돈은 필요 없습니다, 내가 돈을 세어 본 후 말했다. 당신 거요, 로메로가 옷가지 사이로 파일을 집어넣고 트렁크를 다시 닫으며 말했다. 당신이 수고한 거요. 나는 아무 수고도 하지 않았습니다, 내가 말했다. 로메로는 대답하지 않고 부엌으로 들어가 물을 끓이기 시작했다. 어디로 가실 겁니까?, 나는 그에게 물었다. 파리로, 그가 말했다. 12시 비행기요. 오늘 밤은 내 침대에서 자고 싶소. 우리는 마지막으로 차를 마셨고, 잠시 후 내가 그를 거리까지 배웅했다. 우리는 무슨 말을 해야 할지 모르는 채 인도 끝에 서서, 택시가 지나갈 때까지 한동안 기다렸다. 나한테는 이런 일이 일어난 적이 한 번도 없었습니다. 나는 그에게 털어놓았다. 그건 사실이 아니오, 로메로가 아주 부드럽게 말했다, 우리에게는 그보다 더한 일도 일어났었소, 생각해 보시오. 그럴 수도, 나는 인정했다. 하지만 이 일은 정말이지 *끔찍했습니다*. *끔찍하다*, 로메로가 그 단어를 음미라도 하듯 따라 말했다. 그러고 나서 그는 어색하게, 나지막하게 웃더니 분명하게 말했다. 어떻게 끔찍하지 않을 수 있겠소. 나는 웃고 싶지 않았지만 따라 웃었다. 로메로는 하늘을, 건물의 불빛들을, 자동차 불빛들을, 네온사인들을 바라보았다. 그는 작고 지쳐 보였다. 얼마 지나지 않아, 추측컨대, 그는 예순이 될 것이다. 나는 이미 마흔이 넘었다. 택시 한 대가 우리 옆에 멈춰 섰다. 잘 계시오, 친구. 마침내 그는 떠났다.

옮긴이의 말
먼 별과도 같은 삶과 문학

    라틴 아메리카 최고의 작가로 평가받는 로베르토 볼라뇨의 작품들에는 삶과 문학의 상호 관계가 잘 녹아들어 있다. 『먼 별』(1996)은 그의 네 번째 작품으로, 폭력과 파시즘이 난무하는 어둠의 세계와 문학 작품과 문인들에 대한 이야기를 통해 작가는 방대하고 탐닉적인 독서광의 면모를 유감없이 발휘하고 있다. 철학적인 사고와 위트가 넘치는 작가 로베르토 볼라뇨는 한 작품 내에 다른 문학 작품이나 인물들을 등장시키는 상호 모방 관계를 잘 그려 내 독자들을 더욱 매료시키는 작가로 유명하며, 이 작품 역시 이러한 문학적인 유희에 적극 동참하고 있다. 『먼 별』의 경우 볼라뇨의 다른 작품 『아메리카의 나치 문학』(1996)의 마지막 장(章) 「악명 높은 라미레스 호프만」에서 축약된 형태로 선보인 이야기를 로베르토 볼라뇨의 분신과 다름없는 아르투로 벨라노를 등장시켜 확장한 작품으로, 이 작품에 등장한 아르투로 벨라노는 이후에 출간된 볼라뇨의 대표작 『야만스러운 탐정들』(1998)

의 주인공이기도 하다.

『먼 별』의 주인공인 카를로스 비더는 알베르토 루이스 타글레라는 독학생으로 위장해 칠레의 남부 도시인 콘셉시온의 시 창작 교실에 몰래 잠입한 칠레 장교이다. 학생들을 감시하는 임무를 마친 후 공군에 복귀한 주인공은 제2차 세계 대전 당시의 독일 비행기를 타고 하늘에 시를 쓰며 유명세를 얻게 된다. 이어 그는 군사 독재 당시의 폭력을 입증하는 사진들을 전시했다가 군대에서 추방되어 망명을 떠나고, 이후 유럽에서 싸구려 잡지에 가명으로 글을 기고하며 살아간다. 그러나 칠레에서는 그런 그가 전설적인 시인의 위상을 얻게 되고, 오히려 신비로운 존재로 미화된다. 오랜 세월이 흐른 후 카를로스 비더는 정체불명의 고객에게 의뢰받은 전직 경찰에 의해 처벌을 받는다.

로베르토 볼라뇨의 작품들은 대부분 정치와 문학의 결합으로 이루어져 있으며, 『먼 별』에 등장하는 인물들 역시 정치와 문학에 열정적인 관심을 보인다고 할 수 있다. 주인공인 카를로스 비더, 그리고 칠레의 남부 콘셉시온에서 시 창작 교실을 이끌었던 후안 스테인과 디에고 소토는 정치와 문학에 남다른 열정을 보이며, 그들은 한 역사적인 순간과 맞닥뜨렸을 때 각기 자신의 문학적인 입장을 정리해야 하는 시인들로 등장한다.

그런 점에서 카를로스 비더는 정치적이고 폭력적인 인물로 묘사되지만, 시인으로서는 윤리적인 의무보다 미학적인 관점을 더욱 우선시한다고 할 수 있다. 물론 그가 독재 시절 극우파와 관련되어 있기는 하지만, 비더의 행적을 끝까지 추적해 보면 그는 시의 미학적인 관점을 위해 자신의 정치 활동과 야망까지도 모두 희생한 인물로 그려진다. 사실 카를로스 비더에게 있어 자신이 독재 시절의 만행을 폭로한 사진 전시회는 〈순수하고 실험적인 시이자 순수한 예술〉일 뿐이다. 그 사건으로 인해 망명을 떠나게 된 결과 또한 그에게는 중요하지 않은 것처럼 보인다.

반면에 후안 스테인은 콘셉시온에서 시 창작 교실을 운영한 시인이지만 카를로스 비더와 달리 순수 예술보다는 정치적인 의무감을 우선시하는 시인이다. 그는 싸움이 있는 곳이라면 어디든지 홀연히 나타났다가 사라지는 행동파이다. 이 작품의 등장인물 가운데 적극적으로 혁명에 참여하는 시인으로는 그가 유일하며, 그는 즉각적인 정치 활동을 위해 문학을 희생하는 시인으로 묘사된다. 한편 카를로스 비더가 극단적으로 미학적인 관점을 추구하고, 후안 스테인이 극단적으로 윤리적인 관점을 추구한다면 후안 스테인의 문학적인 동지이자 친구인 디에고 소토는 그들 사이에서 균형을 이룬 시인으로 등장한다. 그는 군사 쿠데타 이후 유럽으로 망명을 떠나 파리에 정착한 후 창작과 교육에 전념하며 부르주아의 삶을 살아가는 시인이다. 화자는 특유의 아이러니한 어조로 그가 〈행복한, 적당하게 행복한 남자〉였다고 꼬집어 말한다. 그러나 그는 알리칸테에서 열리는 문학 세미나에 참석하고 돌아오는 길에

한 노숙자 여자를 구타하는 신나치 젊은이들을 보고 이들을 말리기로 결심하고, 이어 그는 살면서 유일하게 참여한 직접적인 행동으로 목숨을 잃게 되는 아이러니를 보여준다.

이렇게 정치와 문학에 대해 각기 다른 입장을 취하는 인물들을 통해 로베르토 볼라뇨는 1970년대 칠레 문학의 전반적인 상황, 그리고 칠레의 역사를 다시 쓰게 된다. 그러나 볼라뇨는 군사 쿠데타와 같은 역사적인 사건조차 그에 대한 구체적인 언급을 일체 생략한 채 막연하게 묘사한다. 칠레의 역사를 얘기할 때면 늘 등장하기 마련인 〈1973년 9월 11일〉이라는 날짜는 소설 어디서도 언급되지 않는다. 다만 이 소설에서 그려지는 역사는 독자에게 넌지시 건네는 제안일 뿐이다. 작가는 〈내가 카를로스 비더를 처음으로 만난 것은 살바도르 아옌데가 칠레의 대통령이었던 1971년이나 1972년 무렵이었다〉라는 문장으로 이야기를 시작하며, 아옌데 대통령이 피노체트 쿠데타 이후 실각했고 모네다 궁에서 살해되었다는 언급은 일체 생략한 채 전개한다. 그러다가 1장이 거의 끝나갈 즈음, 〈며칠 후 군사 쿠데타와 탈주가 시작되었다〉라고 담담하게 언급하며 모든 칠레인의 운명을 뒤흔든 끔찍한 독재의 시작을 암시할 뿐이다. 이렇게 『먼 별』은 화자나 작가의 친절한 설명 없이 독자의 적극적인 참여를 요구한다.

한편 작가인 로베르토 볼라뇨의 모습은 화자(간이

망가져 바예 에브론 데 바르셀로나 병원에 입원해 있었다)와 화자의 절친한 친구인 비비아노 오리안(아메리카의 나치 문학 선집을 쓰고 싶어 했던, 문학적인 포부를 지닌 시인), 두 인물에 투영되어 나타난다. 이와 같이 작가의 얼터 에고로 등장하는 화자와 비비아노 오리안은 카를로스 비더의 행적을 추적하는 과정에서 보르헤스의 흔적이 엿보이는 추리 소설을 탄생시키는 인물이 된다. 소설의 흐름은 추리 소설과 같은 대중 소설의 형식을 띠고 전개되지만 그 과정 가운데 보르헤스 못지않은 작가의 박학다식과 비상함이 엿보이는 것이다. 보르헤스가 문학과 삶을 연결시켰듯이, 로베르토 볼라뇨 역시 문학과 삶을, 그리고 여기에 정치를 덧붙여 연결시키며 비더의 행적을 추적한다. 그리고 사립 탐정 아벨 로메로의 등장과 함께 화자는 본격적으로 추리 소설 속 인물로 등장한다. 탐정은 비더를 추적할 수 있도록 화자에게 시인으로서 도와 달라고 청하고, 화자는 몇몇 유럽 국가의 다양한 신파시스트 출간물에 실린 글에서 비더의 흔적을 찾게 된다. 그 둘은 추리 소설에 등장하는 전형적인 탐정 콤비를 이루게 되며, 이는 곧 문학과 정치의 결탁이기도 하다. 그렇게 시인인 화자는 탐정을 도와 비더의 필적을 찾아 그의 은신처를 추적하게 되고, 탐정은 정체불명의 의뢰인에게 위임받은 자신의 목적을 이루게 된다.

그리고 이 과정에서 볼라뇨는 피노체트 독재 시절

잔인한 살인마였던 비더를 절대 악으로도 그리지 않고, 그를 찾아 심판하고자 하는 탐정과 화자를 정의의 사도로도 묘사하지 않는다. 카를로스 비더의 최후 역시 정확하게 묘사되지 않는다. 그의 행적을 파악한 후 아벨 로메로가 카를로스 비더의 아파트를 찾아갔다가 돌아온 장면만 묘사될 뿐 그 아파트에서 어떤 결말이 이뤄졌는지는 아무도 알 수 없다. 다만 역사를 심판하고자 하는 아벨 로메로의 말에서 카를로스 비더의 결말이 막연히 추측될 뿐이다.

현실을 현실 그대로 다루고자 했던 볼라뇨는 정치적인 폭력에 대한 글을 쓰면서도 전혀 공격적이지 않다. 그의 글에서 폭력은 우연히, 모든 곳에서 적용되는 방식으로 기능하고, 그 폭력에 대한 심판 역시 감정적이라기보다는 이성에 근거해 원인과 결과에 따른 심판이며, 여기에 볼라뇨 특유의 아이러니가 덧씌워져, 한 가지 고정된 관념에 얽매이기를 거부한다. 볼라뇨는 칠레의 근대사라는 특수한 국가나 지역에 대한 글을 쓰면서도 특정한 국가나 지역에 국한되고 싶어 하지 않는다. 이렇게 볼라뇨는 『먼 별』에서 칠레 젊은이들의 삶을 송두리째 앗아가 나락으로 떨어뜨린 군부 독재라는 구체적인 사건에 대해 말하면서도, 인간의 전반적인 모습을 담담하게 묘사해 라틴 아메리카 작가이면서도 라틴 아메리카의 범주를 뛰어넘는 탈영토적인 작가의 모습을 보여준다. 그리고 그는 예술이 삶을 모방한다고 주장하지도 않는다. 오히려 예술이 삶으로부터 도망치고 싶어 하고, 삶이 무조건적으로 예술을 쫓는 다고 이야기하는 듯하다. 먼 별을 쫓듯이.

권미선

로베르토 볼라뇨 연보

1953년 출생 4월 28일 칠레의 산티아고에서 로베르토 볼라뇨 아발로스 태어남. 아버지 레온 볼라뇨는 아마추어 권투 선수이자 트럭 운전수였고, 어머니 빅토리아 아발로스는 수학 선생님이었음. 볼라뇨는 어린 시절 읽기 장애가 있었는데, 어머니는 시를 좋아하는 어린 아들이 좌절하지 않도록 용기를 북돋워 주었음. 볼라뇨는 가족과 함께 발파라이소, 킬푸에, 비냐델마르, 로스앙헬레스 등 칠레의 여러 도시에서 유년기를 보냈으며, 그중 로스앙헬레스에 가장 오래 거주하였음.

1968~1973년 15~20세 가족과 함께 멕시코의 멕시코시티로 이주함. 학교에 입학했으나 중퇴했고, 다시는 교실에 발을 들여놓지 않겠다고 굳게 결심함. 1968년 10월 멕시코시티 올림픽 개막 며칠 후, 이 도시를 뒤흔든 학생 소요와 경찰의 무력 진압 현장을 목격함. 이는 수백만의 학생이 학살되거나 투옥되었던 10월 2일 틀라텔롤코 대학살에 뒤따라 벌어진 사건이었음. 이러한 일련의 사태는 이후 볼라뇨의 작품, 특히 『야만스러운 탐정들 *Los detectives salvajes*』과 『부적 *Amuleto*』의 소재가 됨. 15세부터 시를 쓰기 시작했으며, 독서에 푹 빠져 생활함. 그는 서점 진열대에서 책을 훔쳐 읽으며 지식을 습득했고, 훗날 서점 직원들이 자기 손에 닿지 않는 곳에 몇몇 책을 꽂아 놓아 읽을 수 없었다고 원망하기도 함. 그는 자신이 독학을 한 것이 아니라 〈모든 것을 책에서 배웠다〉고 말함. 사춘기 말과 성년 초기를 멕시코에서 보냄. 이때를 멕시코에서 보낸 제1시기라고 할 수 있음.

1973년 20세 8월 아옌데 대통령의 사회주의 정부를 전복하려는 피노체트의 쿠데타(9월 11일)가 발발하기 전에 사회주의 건설에 참여하기 위해 칠레로 돌아와 아옌데의 사회주의 혁명을 지지하는 좌파 진영에 가담함. 쿠데타가 일어나자 콘셉시온 근처에서 체포되어 투옥되었으나, 마침 어릴 적 친구였던 간수의 도움으로 8일 만에 석방됨. 이 행적은 순전히 볼라뇨 자신의 진술에 의거한 것으로, 볼라뇨는 이 극적인 사건을 여러 작품에 다양한 형태로 서술하였음.

1974~1977년 21~24세 멕시코로 돌아와 아방가르드 문학 운동인 〈인프라레알리스모*infrarrealismo*〉를 주창함. 〈인프라레알리스모〉는 프랑스 다다이즘과 미국 비트 제너레이션의 영향을 받은 시 문학 운동으로, 볼라뇨가 친구인 시인 마리오 산티아고와 함께 결성하였으며 멕시코 시단의 기득권 세력을 비판하며 가난과 위험, 거리의 삶과 일상 언어에 눈을 돌리자고 주장한 반항적 운동임. 문학 기자와 교사로 일했으나 무엇보다도 시를 읽고 쓰는 데 집중함.

1975년 22세 브루노 몬타네와 함께 시집 『높이 나는 참새들 *Gorriones cogiendo altura*』 출간.

1976년 23세 일곱 명의 다른 〈인프라레알리스모〉 시인들과 함께 산체스 산치스 출판사에서 시집 『뜨거운 새 *Pájaro de calor*』 출간. 그리고 같은 해 첫 단독 시집인 『사랑을 다시 만들어 내기 *Reinventar el amor*』 출간. 이 시집은 한 편의 장시를 9개의 장으로 나누어 실은 얇은 책으로, 후안 파스코에가 지도하는 타예르 마르틴 페스카도르 시 아틀리에에서 출간되었음. 북아메리카 미술가 칼라 리피의 판화를 표지 그림으로 쓴 이 책은 225부만 인쇄하였음. 이때를 멕시코에서 보낸 제2시기라 할 수 있음.

1977년 24세 유럽으로 이주. 파리를 비롯해 유럽 여러 나라의 도시들을 여행한 후 스스로 〈세상에서 가장 아름다운 도시〉라고 경탄한 바르셀로나에 정착함. 이후 접시닦이, 바텐더, 외판원, 캠핑장 야간 경비원, 쓰레기 청소부, 부두 노동자 등 온갖 직업에 종사하며 생계를 유지함. 그러면서도 계속 시를 씀.

1979년 26세 11인 공동 시집인 『불의 무지개 아래 벌거벗은 소년들 Muchachos desnudos bajo el arcoiris de fuego』 출간.

1980년 27세 시를 계속 쓰면서 본격적으로 소설 집필에 전념하기 시작함.

1982년 29세 카탈루냐 출신 카롤리나 로페스와 결혼.

1984년 31세 안토니 가르시아 포르타와 함께 쓴 소설 『모리슨의 제자가 조이스의 광신자에게 하는 충고 Consejos de un discípulo de Morrison a un fanático de Joyce』를 출간, 스페인의 암비토 리테라리오 소설상 수상.

1986년 33세 카탈루냐 북동부 코스타브라바의 헤로나 근처의 블라네스라는 바닷가 소도시로 이사. 볼라뇨는 죽을 때까지 이 도시에서 살았음.

1990년 37세 아들 라우타로 태어남. 1990년대 초부터 볼라뇨는 자신의 시와 소설들을 스페인의 다양한 지역 문학상에 출품하기 시작함. 그는 문학상을 받아 생계에 보탬이 되고 자신의 작품이 출판되기를 희망하였음.

1992년 39세 시집 『미지의 대학의 조각들 Fragmentos de la universidad desconocida』이 출간 이전 라파엘 모랄레스 시(詩) 문학상 수상. 치명적인 간질환을 진단받음.

1993년 40세 소설 『아이스링크 La pista de hielo』 출간, 스페인의 알칼라데에나레스 시(市) 중편 소설상을 수상. 시집 『미지의 대학의 조각들』 출간. 볼라뇨는 이때부터 본격적으로 문학계의 인정을 받기 시작함. 이때부터는 오직 글쓰기로만 생활비를 벌었다.

1994년 41세 소설 『코끼리들의 오솔길 La senda de los elefantes』 출간, 스페인의 펠릭스 우라바옌 중편 소설상 수상. 시집 『낭만적인 개들 Los perros románticos』이 출간 전 스페인의 이룬 시(市) 문학상을 수상함.

1995년 42세　시집 『낭만적인 개들』 출간.

1996년 43세　가공의 작가들이 쓴 가짜 백과사전인 소설 『아메리카의 나치 문학 La literatura nazi en América』과 『먼 별 Estrella distante』 출간. 이해부터 볼라뇨는 바르셀로나의 아나그라마 출판사와 인연을 맺고 대부분의 작품을 이곳에서 출간하기 시작함.

1997년 44세　단편집 『전화 통화 Llamadas telefónicas』 출간, 칠레의 산티아고 시(市) 상 수상. 이 소설집 맨 앞에 수록된 단편소설 「센시니 Sensini」도 같은 해 따로 단행본으로 출간됨. 대표작 중 하나로 꼽히는 방대한 분량의 소설 『야만스러운 탐정들 Los detectives salvajes』이 출간되기 전에 스페인의 권위 있는 문학상인 에랄데 소설상을 수상함.

1998년 45세　『야만스러운 탐정들』 출간. 이 소설은 동시대를 멋지게 그려 낸 한 편의 대서사시와 같은 장편소설로서, 뛰어난 철학적·문학적 성찰과 스릴러적인 요소, 파스티슈, 자서전의 성격이 혼재하는 독특한 작품이다. 소설의 두 주인공은 볼라뇨 자신의 분신이라 할 수 있는 아르투로 벨라노와, 볼라뇨의 친구로서 함께 인프라레알리스모 운동을 이끌었던 마리오 산티아고를 모델로 한 울리세스 리마이다. 울리세스 리마는 이후 다른 작품에도 등장함. 『파울라』지로부터 소설 심사 위원 위촉을 받아 25년 만에 칠레를 방문함.

1999년 46세　『야만스러운 탐정들』로 〈라틴 아메리카의 노벨 문학상〉이라 불리는 베네수엘라의 로물로 가예고스상 수상. 소설 『부적 Amuleto』과, 『코끼리들의 오솔길』의 개정판인 『므시외 팽 Monsieur Pain』 출간. 오라 에스트라다는 『부적』을 엄청난 걸작으로 평가했다.

2000년 47세　소설 『칠레의 밤 Nocturno de Chile』과 시집 『셋 Tres』 출간. 볼라뇨는 자신의 짧은 소설 가운데 가장 완벽한 작품으로 『칠레의 밤』을 꼽았다. 스페인의 주요 일간지인 「엘 파이스 El País」와 「엘 문도 El Mundo」에 칼럼 게재.

2001년 48세　단편집 『살인 창녀들 *Putas asesinas*』 출간. 볼라뇨가 등장인물로 나오는 하비에르 세르카스 Javier Cercas의 소설 『살라미나의 병사들 *Soldados de Salamina*』도 출간됨. 이 소설에서 볼라뇨는 주인공이 소설을 완성하도록 도와주는 인물로 등장함. 2003년 영화로도 제작된 이 작품의 성공으로 볼라뇨는 스페인에서 유명해짐.

2002년 49세　실험적인 소설 『안트베르펜 *Amberes*』과 『짧은 룸펜 소설 *Una novelita lumpen*』 출간.

2003년 50세　사망하기 몇 주 전 세비야에서 열린 라틴 아메리카 작가 대회에 참가하여 만장일치로 새로운 라틴 아메리카 문학의 대변자로 추앙됨. 7월 15일 바르셀로나의 바예데에브론 병원에서 아내 카롤리나와 아들 라우타로, 딸 알렉산드라를 남긴 채 간 부전으로 숨을 거둠. 단편집 『참을 수 없는 가우초 *El gaucho insufrible*』 사후 출간. 대표작 중 하나인 『2666』이 출간되기 전에 바르셀로나 시(市) 상을 수상함.

2004년　『참을 수 없는 가우초』가 칠레의 알타소르 소설상 수상. 필생의 역작 『2666』 출간, 스페인의 살람보상 수상. 1천 페이지가 넘는 어마어마한 분량의 이 작품은 볼라뇨가 죽을 때까지 손에서 놓지 않고 매달린 소설로, 가장 큰 야심작임. 처음에는 작가의 뜻에 따라 1년 간격으로 5년에 걸쳐 5부작으로 출판하려 했으나, 1권의 〈메가 소설〉로 출간됨. 『2666』은 북멕시코의 시우다드후아레스 시에서 3백 명 이상의 여인이 연쇄 살인된 미해결 실제 사건을 주요 모티프로 삼아 산타테레사라는 도시를 배경으로 재구성한 작품임.

2005년　『2666』이 칠레의 알타소르 소설상, 칠레의 산티아고 시(市) 문학상 수상. 칼럼과 연설문, 인터뷰 등을 모은 『괄호 치고 *Entre paréntesis*』 출간.

2006년　볼라뇨의 인터뷰를 모은 『볼라뇨가 말하는 볼라뇨 *Bolaño por sí mismo*』 출간.

2007년　단편소설과 다른 글들을 모은 『악의 비밀 *El secreto*

del mal』과 시집 『미지의 대학 *La universidad desconocida*』 출간. 『야만스러운 탐정들』 영어판 출간, 「뉴욕 타임스」 선정 〈2007년 최고의 책〉으로 꼽힘. 『먼 별』이 2007년 콜롬비아 잡지 『세마나』에서 선정한 〈지난 25년간 출간된 최고의 스페인어권 소설 1백 권〉 가운데 14위에 오름.

2008년 『2666』의 영어판 출간, 평단과 독자 모두에게 호평을 받으며 대단한 인기를 누림. 전미 서평가 연맹상 수상. 「뉴욕 타임스」와 『타임』 선정 〈2008년 최고의 책〉으로 꼽힘.

2009년 『2666』이 「타임스 리터러리 서플러먼트」, 「스펙테이터」, 「텔레그래프」, 「인디펜던트 온 선데이」, 「샌프란시스코 크로니클」, 「NRC 한델스블라드」 등 세계 각국의 유력지에서 〈2009년 최고의 책〉에 선정되었으며 「가디언」에서는 〈2000년대 최고의 책 50권〉으로 꼽힘. 스페인 유력지 「라 방과르디아」에서 선정한 〈2000년대 최고의 소설 50권〉 중 『2666』이 1위로 꼽힘.

2010년 소설 『제3제국 *El Tercer Reich*』 출간됨. 현재 볼라뇨의 전작은 스페인을 비롯한 이탈리아, 독일, 프랑스, 네덜란드, 스웨덴, 핀란드, 그리스, 체코, 폴란드, 세르비아 등 유럽권 국가는 물론 미국과 영국 등 영어권 국가, 그리고 브라질, 터키, 이스라엘, 일본에 이르기까지 번역, 출간되며 〈볼라뇨 전염병〉을 퍼뜨리고 있다.

먼 별

옮긴이 권미선은 고려대학교 서어서문학과를 졸업하고 스페인 마드리드 국립대학교에서 문학 석·박사 학위를 받았다. 현재 경희대학교 교수로 재직 중이다. 주요 논문으로는 「황금세기 피카레스크 소설 장르에 관한 연구」, 「〈돈키호테〉에 나타난 소설의 개념과 소설론」 등이 있으며, 옮긴 책으로는 루이스 세풀베다의 『외면』, 『핫 라인』, 『소외』, 『그림 형제 최악의 스토리』, 『알라디노의 램프』, 가브리엘 가르시아 마르케스의 『납치 일기』, 산체스 드 라고의 『아리아드네의 실』, 이사벨 아옌데의 『영혼의 집』, 라우라 에스키벨의 『달콤 쌉싸름한 초콜릿』 등이 있다.

지은이 로베르토 볼라뇨 **옮긴이** 권미선 **발행인** 홍지웅 **발행처** 주식회사 열린책들 **주소** 경기도 파주시 교하읍 문발리 499-3 파주출판도시 **전화** 031-955-4000 **팩스** 031-955-4004 **홈페이지** www.openbooks.co.kr Copyright (C) 주식회사 열린책들, 2010, *Printed in Korea*. ISBN 978-89-329-1048-2 03870 **발행일** 2010년 6월 15일 초판 1쇄

이 도서의 국립중앙도서관 출판시도서목록(CIP)은 e-CIP 홈페이지(http://www.nl.go.kr/ecip)에서 이용하실 수 있습니다. (CIP제어번호 : CIP2010001819)

로베르토 볼라뇨의 소설 근간

전화 통화
볼라뇨의 첫 번째 단편집. 시인, 작가, 탐정, 군인, 낙제한 학생, 러시아 여자 육상 선수, 미국의 전직 포르노 배우, 그리고 수수께끼 같은 인물들이 등장하는 14편의 이야기.

야만스러운 탐정들
〈라틴 아메리카의 노벨상〉이라 불리는 로물로 가예고스상 수상작. 현대의 두 돈키호테, 우울한 멕시코인 울리세스 리마와 불안한 칠레인 아르투로 벨라노가 만난 3개 대륙 8개 국가 15개 도시 40명의 화자가 들려주는 방대한 증언.

2666
볼라뇨의 최대 야심작이자 죽을 때까지 손에서 놓지 않은 일생의 역작. 5부에 걸쳐 80년이란 시간과 두 개 대륙, 3백 명의 희생자들을 두루 관통하는 묵시록적인 백과사전과 같은 소설.

므시외 팽
은퇴 후 조용히 살고 있던 피에르 팽. 멈추지 않는 딸꾹질로 입원한 페루 시인 세사르 바예호의 치료를 부탁받은 후 이상하게도 꿈같은 사건들이 일어나기 시작한다.

아이스링크
스페인 어느 해변 휴양지의 여름, 칠레의 작가 겸 사업가와 멕시코 출신 불법 노동자, 카탈루냐의 공무원 등 세 남자가 풀어놓는 세 가지 각기 다른 이야기.

살인 창녀들
두 번째 단편집. 세계 곳곳에서 방황하는 이들, 광기, 절망, 고독에 관한 13편의 이야기. 이 책에서 시는 폭력을 만나고, 포르노그래피는 종교를 만나며 축구는 흑마술을 만난다.

안트베르펜
볼라뇨의 무의식 세계와 비관적 서정성으로 들어가는 비밀스러운 서문과 같은 작품. 55편의 짧은 글과 한 편의 후기로 이루어진 실험적인 문학적 퍼즐이다.

참을 수 없는 가우초
5편의 단편과 2편의 에세이 모음집. 참을 수 없는 가우초, 불을 뱉는 사람, 비열한 경찰관 등에 관한 이야기와 문학과 용기에 관한 아이러니한 단상이 실려 있다.

제3제국
코스타브라바의 독일인 여행자와 수수께끼의 남미인 사이에 벌어지는 이야기. 〈제3제국〉은 전쟁 게임의 이름이다.